FANNY CLOUTIER

OU

L'ANNÉE OÙ J'AI FAILLI RATER MA VIE

Stéphanie Lapointe

À Marguerite,

Août

Mardi 16 août

Salut.
Merci d'exister, journal.

Mon père va m'arracher la tête.
Il dit tout le temps ça, mon père : « Fanny, bon sang, je vais t'arracher la tête !!!!! »

(Il va vraiment le faire cette fois.)

Et s'il ne le fait pas, ce sera juste parce que la perspective de passer le dernier tiers de sa vie en prison l'aura fait changer d'avis.

J'ai découpé (non arraché) la section du bas de la page 128 d'une édition rare et spéciale de son livre préféré, *Écrire,* de Marguerite Duras – et ce n'est qu'une question de temps avant qu'il s'en aperçoive !

Une journée ou deux maximum,
je dirais.

Je le vois déjà se ruer vers ma chambre, entrer sans frapper et hurler avec tout le désespoir du monde dans la voix : *Fanny ! J'ai acheté ce livre-là avant que tu sois au monde ! À New York ! Vous, les jeuuuunes, vous ne respectez rien de nos jours ! Fanny-ci, Fanny-ça bla-bla-bla…* Mais, pour être honnête, je m'en fous. **OUI, JE-M'EN-FOUS**. Mon excentrique et perdu de père fait bien ce qu'il veut, lui, non ? Promis, quand ma colère va être passée (si ça arrive un jour), je vais raconter le désastre qui vient de faire son entrée dans ma vie à cause de lui.

En attendant, voici la trouvaille qui me vaudra de perdre la tête :

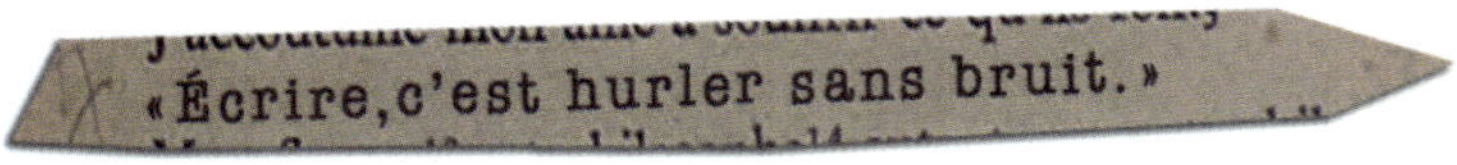
«Écrire,c'est hurler sans bruit.»

Marguerite Duras

C'est après avoir lu cette phrase vingt fois de suite (alors que je fouinais dans la bibliothèque de mon père) que l'idée d'écrire un journal m'est venue :

Je sais, ça ne se fait pas d'abîmer une édition rare et peut-être *new-yorkaise* de 1975, mais je ne voulais pas oublier cette phrase (*«Écrire, c'est hurler sans bruit»*), qui m'est apparue comme une révélation, une bouée de sauvetage, une ultime tentative de survie face à l'année catastrophique qui s'annonce.

«ÉCRIRE, C'EST HURLER
SANS BRUIT»
MARGUERITE DURAS.

Parce que OUI, depuis que mon père m'a annoncé hier soir que je vais devoir déménager à Sainte-Lorette (c'est où ça????!!!), j'ai besoin de hurler.

HURLER

(Explications à venir…)

Merci d'être là, journal (et merci à cette Marguerite Duras,)
parce que je suis vraiment seule au monde
en ce moment.

SEULE AU MONDE.

Salut.
Fanny xxxx

MOI, FANNY CLOUTIER

QUI JE SUIS.

(Après, promis, je raconte pourquoi je dois déménager
*** TOUTE SEULE ***
dans un village à 265 kilomètres de MONTRÉAL.)

J'ai l'index et le majeur tout blancs à force de tenir mon crayon trop serré entre mes doigts – je crois que c'est l'effet du sang qui se retire quand la pression est trop forte. Rien à faire. Il refuse d'avancer, mon crayon. Je le savais, purée. J'aurais dû acheter un bon vieux cahier Canada, pas ce livre rose délavé à la couverture cartonnée beaucoup trop… raffinée ! On dirait un roman (avec des anneaux, mettons). Un livre trop beau dans lequel il faudrait que j'écrive des choses trop belles. Des choses… intelligentes. Les pages sont beaucoup trop blanches, beaucoup trop lisses à mon goût. J'ai peur d'abîmer je-ne-sais-quoi en écrivant dedans. Comme s'il n'était pas à moi, ce journal, comme si quelqu'un d'autre que moi allait se permettre de le lire.

Je crois que je vais dessiner, au lieu d'écrire. Dessiner, c'est ce que je sais le mieux faire au monde. J'ai appris à dessiner avant de savoir parler, il paraît ! Alors oui, bonne idée.

Quand je ne trouverai pas les mots
pour dire les choses,
je dessinerai ce que j'ai
sur le coeur.

De toute façon, c'est mon journal, c'est moi qui décide.

Tiens, journal, c'est moi, en ce moment. Et à gauche, celui qui mange mon agenda, c'est Albert, mon furet.
MOI
+
ALBERT

Oups. C'est encore arrivé. Je crois qu'il y a une seconde exactement, j'ai oublié de respirer – encoooooooooore.

Preuve que je suis nerveuse : j'oublie TOUJOURS de respirer quand je suis stressée. Et je dois dire que c'est devenu plutôt problématique parce que j'ai beaucoup de sources d'angoisse dans la vie, moi. Je suis stressée par un million de trucs, mais personne ne le sait. Personne ne le sait parce que je ne me confie jamais vraiment à propos de choses, disons, intimes – sauf à Albert, mon furet, parce qu'avec lui, un secret, ça reste un secret.

LISTE DE 5 CHOSES QUI ME FONT OUBLIER DE RESPIRER

1 RESTER PRISE DANS UN REMONTE-PENTE À CAUSE D'UNE PANNE D'ÉLECTRICITÉ.

2 FAIRE DE L'ACNÉ (J'AI UN BOUTON QUI POUSSE SUR MON NEZ À CHAQUE FOIS QUE J'AI MES RÈGLES ET JE DÉTESTE ÇA. FAITES QUE ÇA NE S'AGGRAVE PAS SVP, SVP !).

3 QU'AUCUN GARÇON NE ME DEMANDE D'ALLER AVEC LUI AU BAL DE PROMO (JE SAIS, C'EST DANS LONGTEMPS, MAIS J'ANGOISSE AVEC ÇA, RIEN À FAIRE).

4 QUE HUBERT LACOMBE (LE PARIA DES PARIAS) M'INVITE OÙ QUE CE SOIT.

5 DEVOIR MONTER SUR UN BATEAU (ÇA, TU VAS COMPRENDRE PLUS TARD POURQUOI).

Bon, j'y vais.

JE ME LANCE.

Je m'appelle Fanny Cloutier. J'ai 14 ans. (Je vais avoir 15 ans après Noël, c'est quand même bientôt, et j'ai jamais embrassé personne. Fin de la parenthèse.)

J'habite avec mon père, Hubert, et mon furet, Albert (oui, ça rime, je sais), dans un cinq pièces de la rue Saint-Joseph, à Montréal. C'est un boulevard sans fin qui traverse la ville d'est en ouest avec des autos et des camions même pas fichus de rentrer chez eux à quatre heures du matin. Si j'habite seule avec mon père, c'est parce que ma mère est décédée quand j'avais trois ans et que, depuis, on est seuls au monde, mon père et moi (mais j'y reviendrai une autre fois parce que c'est une histoire triste et que je ne veux pas commencer le premier journal de ma vie avec une histoire triste).

Mon père est réparateur de machines à coudre industrielles. Personne ne rêve de réparer des machines à coudre dans la vie, mais mon père a toujours eu un certain talent pour comprendre le mécanisme des choses. Alors, *Parce qu'il faut bien payer ses factures, Fanny!*, il s'est trouvé – le jour où, comme beaucoup d'adultes, il a abandonné ses rêves – un vrai métier qui rapporte juste assez d'argent pour qu'on ait un toit sur nos têtes et du brocoli dans notre assiette tous les soirs*. Alors cinq jours sur sept, du lever au coucher du soleil, mon père se rend dans d'immenses édifices – tellement décrépis qu'on les croirait tous abandonnés – et fait tout ce qu'il peut pour donner un second souffle à des engins qui datent de la Deuxième Guerre mondiale.

* C'est lui qui dit TOUT LE TEMPS ça.

Mon père est un être complexe, habité par une peur constante de perdre le contrôle qu'il a sur les choses. Ça se manifeste à travers des détails absurdes de la vie.

LUNDI —— VENDREDI

1.
Comme le fait qu'il possède une tasse à café et une cravate pour chaque jour de la semaine.

2.
Comme le fait qu'il fait sonner son réveil à 6 h 22 tous les matins (même le dimanche) juste parce que son chiffre porte-bonheur est le 10 et qu'en additionnant 6 + 2 + 2, on obtient 10.

RI-DI-CU-LE

3.

Comme le fait qu'il a inventé un système hyper-louche qui permet de garder en vie (sans qu'elles poussent) différentes graines de légumes et de fruits. Un genre de jardin intérieur irrigué en permanence dans notre salle de bain, mais où AUCUN légume n'a jamais vu le jour! *
L'argument de mon père: *S'il y avait une catastrophe, Fanny, on serait préparés, on mangerait à notre faim! Et tu me remercierais!*

Pfff...

Peut-être, mais en attendant ta catastrophe fictive, papa, je n'ose pas pas inviter qui que ce soit à la maison, de peur qu'on nous prenne pour des fous.

La vérité, c'est que je sais que mon père n'a pas toujours été si...

pragmatique,
cérébral,
si... peureux.

Je crois que c'est après la mort de ma mère qu'il est devenu comme ça. Peureux, oui. C'est le mot qui me vient en tête, qu'est-ce que tu veux, journal...

***

Mon père rêvait d'être inventeur. Il voulait révolutionner quelque chose, laisser sa trace, une trace, n'importe quelle trace (pourvu qu'il y en ait une) dans le monde. Je le sais parce qu'une chambre de notre appartement est exclusivement réservée à des inventions sur lesquelles il a travaillé, par le passé, mais qui n'existeront jamais. Une chambre à idées

INUTILES.

Je n'ai pas le droit d'y mettre les pieds, alors quand mon père dit qu'on habite dans un cinq pièces, je lui réponds du tac au tac : *C'est faux, papa, on habite dans un quatre pièces et tu le sais.*

// P.-S. //

C'est bien beau tout ça, mais ça n'excuse pas ce que mon père vient de faire, c'est-à-dire me déraciner. Je te raconte tout demain (voir autre page).

Mercredi 17 août

« Comment tout a commencé. »

En gros, je ne savais pas que mon père avait le pouvoir de faire basculer toute ma vie avec une poignée de mots :

FANNY,
JE VAIS PARTIR
UN BOUT DE TEMPS,
MA CHOUETTE.
PAPA

J'ai été naïve.
Je n'ai rien vu venir.
Pourtant, tout me semble tellement évident maintenant que j'y pense ! J'aurais dû me douter de quelque chose en voyant la montagne de courrier qui s'est mise à déferler à notre porte ces dernières semaines, en entendant le téléphone sonner après l'heure du brossage des dents !
Non…

JE N'AI
RIEN VU
VENIR.

Je n'étais donc pas préparée à réagir adéquatement (c'est-à-dire contre-attaquer) au moment où mon père est entré dans ma chambre, avant-hier, sa tasse de café du lundi à la main et ses yeux rivés à mon vieux *poster* d'Adele.

Surnom donné par mon père quand j'avais cinq ans. Impossible de m'en défaire. j'ai TOUT essayé.

- Fanny, faut que je te parle, mon petit chaudron.
- Voyons, fais pas cette tête-là, papa. Qu'est-ce qu'il y a ?

(SILENCE)

- Ben, c'est juste que…
- Accouche, papa ! On dirait que tu vas m'annoncer que tu as rencontré quelqu'un !
- Mais non, c'est pas du tout ça, Fanny. C'est juste que j'ai… j'ai été sélectionné au concours des Inventeurs du XXIe siècle pour ma découverte sur les méduses. Tu sais ? Je t'en ai parlé des millions de fois ! Ma théorie sur les méduses Turritopsis ! Je suis en train de prouver à travers elles qu'on peut…
- Stopper le vieillissement ! Ben oui, je sais, papa. Mais c'est pas un peu… inutile ? Tu sais, on est huit milliards d'êtres humains sur terre. T'imagines le bordel que ça ferait si on devenait tous éternels ?

Mon père a eu l'air choqué que je dise ça (ben quoi, c'est la vérité).
- Les Japonais trouvent pas mon idée si folle que ça, apparemment.
- Les Japonais ?
- Ben oui, en fait, c'est ça que je veux te dire, Fanny. Le concours va avoir lieu au Japon, à Kyoto.
- OK… et c'est quoi le problème ?
- Le problème, c'est que je vais devoir partir là-bas un petit bout de temps. Le temps de prouver mon idée ! Quelques mois, ma puce.
- Ah ouais, mais… c'était pas vraiment dans mes plans d'aller au Japon, papa !

- Mais tu viendras pas, Fanny, voyons, ne t'en fais pas.
- Je vais quand même pas rester ici toute seule ?
- Mais non, toi… toi, tu vas aller à Sainte-Lorette. Chez la sœur de ta mère.

Je pouvais pas croire ce que je venais d'entendre. Je serrais les dents – et mon père sait très bien que, quand je fais ça, ça veut dire que ça ne va PAS DU TOUT.
- Fanny, écoute-moi avant de t'inquiéter pour rien. Ta mère…
- Elle m'aurait JAMAIS abandonnée, elle.
- Laisse-moi donc finir ! Je t'abandonne pas ! Je t'envoie chez de la famille.
- Hein ? Mais t'as toujours dit qu'on n'en avait pas de famille, papa !
- Ben on en a une,* tu vois ! Techniquement… on en a une.

- Veux-tu m'écouter, oui ou non, Fanny ?
- J'ai pas vraiment le choix, papa.

Là, mon père a pris un genre de respiration interminable, comme s'il s'apprêtait à me réciter un discours débile qu'il aurait appris par cœur.
- Ta mère, elle avait une sœur qui s'appelle Lorette. Et Lorette, elle a un beau-fils qui s'appelle Henri. Il a un an de moins que toi… Hé, tu comprends quelque chose à ce que je dis ? Parce que tu fais une tête comme si je t'abandonnais en plein milieu du désert du Sahara !

Là, j'ai perdu totalement le contrôle.
- Mais c'est à peu près ce que tu fais, papa ! Je recommence l'école dans même pas deux semaines !
- Arrête donc de t'en faire, je te dis ! Ils ont une école à Sainte-Lorette.
- Quoi ??? Tu t'en vas dans deux semaines ?!
- Une…
- Mais t'es malade !

* EXPLICATION CONCRÈTE :
J'hallucine et ce serait trop long à expliquer. Mais en gros, mon père me répète – d'aussi loin que je me souvienne, donc TRÈS, TRÈS LONGTEMPS – qu'on n'en a PAS de famille, nous. Qu'on est DIF-FÉ-RENTS, nous. Mais qu'on est BIEN MIEUX COMME ÇA. Juste tous les DEUX. Qu'on est « la plus belle petite minifamille qui existe ». Pffff. OK, je continue mon histoire.

- Fanny, reste polie ! Ils vont prendre quelqu'un d'autre si j'y vais pas maintenant. C'est la chance de ma vie ! Faut que tu comprennes ça, bon sang ! Les Japonais sont super rigides !
- C'est tellement LÂCHE de mettre ça sur la faute des Japonais, papa ! T'es la personne la plus égoïste de la terre ! Non, tiens... de l'univers ! Sors de ma chambre.
- Fanny, calme-toi.
- **SORS DE MA CHAMBRE.**

***

VOILÀ.

C'est la dernière vraie discussion que j'ai eue avec mon père.
Ça fait 48 heures exactement. Depuis, nos échanges ressemblent vaguement à...

(mon père) Veux-tu du lait, Fanny ?
(moi) Non, j'ai pas soif.
(mon père) T'as fait tes devoirs, mon petit chaudron ?
(moi) Papa, on est en août, y a pas de devoirs.
(mon père) Aimerais-tu qu'on regarde le site Internet de ta nouvelle école ensemble ?
(moi) Euh, vraiment pas.

Jeudi 18 août

On fait des choses stupides quand on est désespéré.

J'ai fait semblant d'être plongée dans un coma profond quand mon père est entré dans ma chambre pour me réveiller à 7 h 21 tapantes ce matin.

7 + 2 + 1 = 10
Qu'est-ce que j'avais dit !

J'ai pensé que ça ne pourrait pas faire de mal de lui faire croire que toute cette histoire de déménagement m'avait affectée au point de me rendre malade, mais ça n'a rien, absolument rien, donné. Après m'avoir secouée vivement pendant, quoi ?… un gros dix secondes (*Fanny ! Réveille-toi, Fanny ! Il est 7 h 21 !*), mon père est reparti aussi vite qu'il était entré, regagnant sa chambre et m'abandonnant à ma fausse léthargie.

Mon père est tellement obsédé par les préparatifs liés à son départ que, c'est bien simple, je n'existe plus.

EN 72 HEURES, JE SUIS DEVENUE TRANSPARENTE, INVISIBLE, JETABLE.

Non, pire, je suis devenue ORPHELINE. J'y pense et je devrais poser des affiches dans la ville, comme celles que les gens font quand ils perdent leur chat.

J'ai lu que 73 % des gens qui posent des affiches dans les rues ne retrouvent jamais leur animal, en passant.

10 h 10. J'ai envie de me lever pour me faire deux toasts au beurre de cacahuète + confiture de fraises + grand verre de lait, mais mon fichu orgueil me garde clouée au lit. Je suis toute seule avec Albert, seul témoin de mon désespoir. Il s'est enfoncé sous mes couvertures et s'agrippe à mes orteils comme s'il savait pour notre départ imminent, comme s'il essayait de trouver une tactique pour se faire oublier (c'est un furet vraiment futé, en passant).

Si mes calculs sont justes,
et, malheureusement, ils le sont,

il ne reste plus que 4 JOURS
avant mon exil
forcé

vers Sainte-Lorette.

J'ai comme une manie de faire les choses et de réfléchir... après. Purée.

En signe de protestation, j'ai eu l'idée hier soir de jeter (oui, je dis bien *jeter*) l'affreuse valise fleurie flambant neuve que mon père m'a achetée à Noël l'an passé (sans intérêt comme cadeau : il ne m'emmène jamais nulle part).

Pour mettre mon plan à exécution, j'ai attendu toute la soirée que le camion poubelle arrive. Dès que je l'ai aperçu dans la rue, je me suis précipitée pour le devancer en dévalant les escaliers (on habite au 3e étage, je l'avais dit ?). J'ai balancé ma valise sur un gros tas d'ordures et, pour m'assurer qu'elle prendrait bel et bien la route de la décharge, je suis allée me cacher en courant derrière un arbre, question de voir ce qu'il se passerait. Eh bien, en moins de deux minutes, ma mission était accomplie ! L'éboueur n'a fait aucune différence entre la montagne de sacs noirs et mon affreuse valise fleurie, et l'a jetée machinalement sur la pile de déchets ! Je l'ai regardée atterrir pile-poil sur une pelure de banane toute noire et une vieille couche de bébé.

(Berkkkkkk !)

Résultat ? Une heure plus tard, mon père (qui était venu dans ma chambre pour m'ordonner de commencer mes bagages) s'en est rendu compte. Là, il s'est mis à HURLER un million de phrases aussi prévisibles les unes que les autres : *J'en reviens pas ! J'en reviens vraiment pas ! T'as quel âge, Fanny Cloutier ? Six ans ?! Tu pensais quand même pas que j'allais retourner t'acheter une valise flambant neuve ! Oh mais tu vas apprendre la valeur de l'argent, toi !*

Puis, ça a été le silence.

30 SECONDES DE SILENCE.

(courte trêve)

J'ai vu mon père s'éloigner vers la cuisine pour revenir presque aussitôt avec, dans les mains, trois sacs poubelle noirs, qu'il s'est empressé de jeter sur le bord de mon lit. Puis, avec ses yeux frustrés – et un tas de nouveaux plis sur le front –, il a quitté ma chambre comme un coup de vent de février quand il fait vraiiiiiiment pas beau.

J'avoue ne pas avoir été certaine sur le coup, tellement je trouvais l'idée improbable, de ce que mon père avait comme plan dans sa grosse tête d'inventeur à la noix.

- Tu te fous de moi, là, papa !
- Non, je me fous pas de toi.
- Je vais quand même pas mettre mes affaires dans des sacs…
- Oh que si, Fanny !

[...........PAS VRAI...........]

Fanny Cloutier, tes bonnes idées t'ont encore bien servie, hein ? C'est donc avec toutes tes choses dans des SACS POUBELLE que tu vas faire ton entrée à Sainte-Lorette !

(Arrrrgggggggggggggg)

P.-S.
Toutes les initiatives visant à le faire changer d'avis seront considérées.

MÉTRO

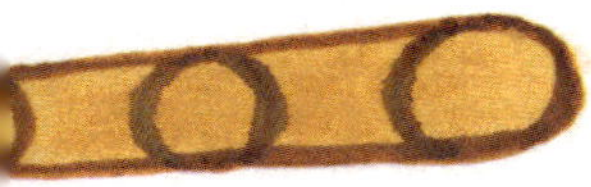

JE ME LANCE VERS L'INCONNU.

Samedi 20 août

2 : Nombre de jours avant mon départ.

Plus que deux nuits,
avant mon départ.

Pas envie de dire
combien d'heures.

Ce serait beaucoup trop déprimant.

J'espère que tu ne seras pas déçu, journal (bizarre, je m'adresse à toi comme si tu étais vivant), mais c'est la dernière fois que j'écris avant mon départ. Je veux qu'il me reste assez de pages pour raconter mon arrivée à Sainte-Lorette – je sens que je vais avoir besoin de me confier. En attendant…

****

Je suis triste.
J'ai peur.
Je ne mange plus*.
Je ne dors plus.

Je sais pas quoi ajouter de plus à part que ça va
vraiment
pas
super bien.

****

* Bon OK, la vérité, c'est que je mange encore, mais j'écris ça au cas où mon père lirait des bouts de mon journal. Peut-être qu'il s'inquiéterait pour une fois ?

MAIS NON.
SOIS RÉALISTE, FANNY.

Ça ne risque pas d'arriver :

KYOTO + LES JAPONAIS + LES CONCOURS D'INVENTIONS

sont les SEULES choses qui comptent dans la vie de ton père,
en ce moment.

Fanny xx

Samedi 20 août
(suite)

Sophie, purée. Réponds donc pour une fois !

Avant d'arrêter d'écrire pour de bon, je veux juste dire que je me suis engueulée grave avec Sophie. Sophie, c'est ma meilleure amie. Je voulais tout lui raconter alors j'ai pris l'ordi de papa et j'ai essayé de l'appeler sur Skype. J'aurais TELLEMENT eu besoin de lui parler ! J'aurais voulu l'entendre, oui, qu'elle me dise n'importe quoi, genre…

OK. On va trouver un plan, Fanny.
Je te laisserai pas tomber !
On va fuguer jusqu'au bout du monde, toi et moi !
Tiens, on va vendre de la limonade sur une plage en Thaïlande
(pour survivre)
et on va se cacher jusqu'à nos 18 ans.

Mais Sophie ne m'a JAMAIS répondu.

Je sais que sa mère (qui travaille comme une folle dans un cabinet d'avocats et qui est toujours exténuée) passe son temps à l'engueuler et qu'à cause de ça, ça lui arrive souvent de ne pas entendre la sonnerie du Skype ou de ne pas avoir le droit de répondre tout court quand j'appelle. Mais cette fois, je ne pense pas que c'était la faute de sa mère. Non. Cette fois, je pense que Sophie a délibérément détourné le regard de son écran, quand elle a vu que c'était moi qui téléphonais.

C'est parce qu'on s'est engueulées la semaine passée. Et je ne sais pas si ça va se réparer, sérieux. Je dis ça parce que j'ai lu un truc dans le magazine *Psychologie, la vie* (ben quoi, j'attendais chez le dentiste, et j'ai peur chez le dentiste, alors je me change les idées en lisant des revues). Donc j'ai lu que les ruptures sont souvent causées par des disputes banales et sans importance mais qui provoquent un tsunami d'émotions refoulées depuis longtemps entre deux personnes.

En gros, le tsunami entre Sophie et moi a été déclenché par un matin bien ordinaire où elle est arrivée avec une nouvelle paire de baskets Nike (tu sais, les classiques, blanches, avec un crochet bleu sur le côté ?). Sa mère, Suzanne, travaille tout le temps (comme je l'ai dit) et Sophie sait qu'elle se sent coupable alors elle lui demande toujours des nouveaux vêtements et Suzanne accepte parce qu'elle se sent coupable (c'est une roue sans fin qui tourne).

RÉSULTAT ?

Sophie a une garde-robe digne de celles qu'on voit dans les films de filles (avec des souliers de toutes les couleurs, bla bla bla, etc.).

ET BON, ÉVIDEMMENT, JE NE SUIS PAS FIÈRE DE ÇA, MAIS JE ME SUIS ACHETÉ...

les
MÊMES
CHAUSSURES qu'elle.

Les mêmes très exactement, oui, mais en pointure 36 parce que j'ai des plus petits pieds que Sophie. Je pense d'ailleurs qu'elles me vont mieux, mes Nike. Mais je suis pas F-O-L-L-E quand même ! Je ne m'en suis pas vantée.

Alors pour la faire courte, quand Sophie m'a vue arriver au centre commercial la semaine passée (je marchais vers elle dans l'espace restaurants avec une soupe tonkinoise sur un plateau, et je savais bien qu'elle remarquerait mes chaussures ! À quoi je m'attendais ?!!), elle a dit un truc genre…

Berk ! → C'est la goutte d'eau qui fait déborder le vase, Fanny !

Sur le coup, j'ai trouvé que Sophie ressemblait à sa mère, avec sa phrase toute faite et ses mains sur ses hanches qui lui donnaient une posture de vieille dame dans la quarantaine, mais je ne le lui ai pas dit parce que je savais, au fond, qu'elle avait raison d'être fâchée.

Oui, parce que je la copie souvent, Sophie. Tout le temps, en fait. Mais c'est plus fort que moi ! Je déteste ça, moi, faire les magasins. Chaque fois que je les fais sans Sophie (seule, donc, parce que Sophie est ma seule *vraie* amie), je finis par m'acheter un pull mou et sans forme, souvent gris et trop grand, qui me donne des airs de fille désespérée qui fait son ménage de printemps. Résultat ? En moins de six jours, en moyenne, ce que j'achète seule (sans copier Sophie) se retrouve au fond de ma penderie, sur une montagne de vêtements sans intérêt.

Sophie, elle, trouve toujours le moyen d'être fabuleuse et magnifique et PARFAITEMENT ORIGINALE. Elle s'y connaît en mode. Tiens, par exemple, elle arrive toujours à savoir, AVANT tout le monde, quelle couleur sera tendance durant une saison. Comment elle fait ça ? Si je le savais !

« Ce sera le vert menthe,
l'été prochain. »

… qu'elle m'a dit l'autre jour, avec la voix de quelqu'un qui aurait trouvé un vaccin pour éradiquer une maladie rare et sauver une population entière d'une mort certaine. N'empêche qu'elle ose, Sophie. Je voudrais pouvoir être comme ça, moi aussi, des fois : savoir oser ! Et me trouver tout le temps un peu belle le matin quand je quitterais la maison.

Mais pour l'instant, j'ai des problèmes nettement plus sérieux que Sophie Tremblay dans la vie, et je me souviendrai longtemps qu'elle ne m'a pas répondu, quand j'en avais le + besoin.

~~BYE SOPHIE.~~

Quand tu te rendras compte, le premier jour d'école, dans deux semaines, que t'as perdu ta meilleure amie pour une paire de chaussures Nike blanches avec un crochet stupide sur le côté, tu te trouveras bien stupide et superficielle.

(**SUPERFICIELLE**, OUI, JE LE DIS ENFIN ICI.)

Et moi ?

… Moi,
je ne serai plus là pour entendre tes excuses.

Salut, journal,
je vais te récrire le jour du départ.

Promis.
Fanny xx

Lundi 22 août

Le jour J est à ma porte.

On était seulement trois passagers à bord de l'autobus qui m'a conduite vers Sainte-Lorette, ce matin. Trois, c'est tout (si je ne compte pas Albert-mon-furet, qui est caché dans la poche de ma veste en jean, mais chuuuut). Il restait donc 57 places libres.

(Pas très, très populaire, Sainte-Lorette.
Ça commence mal.)

OUI, C'ÉTAIT AUJOURD'HUI LE JOUR J, COMME ON DIT.

Je te jure, journal, je me suis retenue à DEUX MAINS pour ne pas arracher la tête de mon père, ce matin, quand il a osé un *Fanny! C'est le grand départ, ma belle!* Il a insisté pour faire la route avec moi – son avion pour Tokyo décolle seulement à 23h ce soir –, mais je lui ai dit que je préférerais me taper tout le trajet à pied (j'ai même dit en tongs, si mon souvenir est bon) plutôt que d'avoir à supporter deux heures de plus son aura pleine de culpabilité et la surdose de bonheur égocentrique qui l'habite depuis le jour où il a décidé qu'il foutait notre vie en l'air.

Ouf. C'était une longue phrase, ça.

C'était la première fois qu'on se fâchait, mon père et moi.
Qu'on se fâchait en bonne et due forme, je veux dire.

Qu'on se fâchait sans possibilité de réconciliation à court terme.

Eh bien, j'ai juste une chose à dire :

TANT PIS POUR LUI.

Oui, tant pis pour toi, Hubert Cloutier, si tu ne peux pas partir faire *la belle vie au Japon*, l'esprit tranquille et le cœur léger. (Bon, assez parlé de ça.)

***

La conductrice a fait preuve d'une surdose extrême d'enthousiasme pour décrire le paysage (sans grand intérêt) qui défilait à travers les vitres sales de l'autobus. J'enviais la vieille dame de deux cents ans à côté de moi qui avait subtilement retiré son appareil auditif pour ne plus avoir à supporter la voix nasillarde de notre chauffeuse/guide touristique improvisée.

Conductrice bizarre avec un accent de snob:

- Vous pouvez apercevoir ici, à votre droite, la su-peeerbe rivière Saint-Charles, et juste ici, le fa-bu-leux château d'eau, érigé, ouvrez bien les oreilles: en 1852! Il y a plus de 150 ans! On arrive bientôt, tout le monde! C'est le temps de fouiller en dessous de votre siège pour vous assurer de ne rien avoir oublié! Et pas de chewing-gum en dessous des sièges du bus! Merci à tous d'avoir choisi Vio-Route!

Oups, trop tard, déjà collé le mien ☺

Je pensais: ce serait quoi, la «moins pire» des options?

A)
Rester à bord de ce bus déprimant?
B)
Rencontrer pour la 1re fois ma «future famille d'accueil»?

L'autobus s'est immobilisé en plein cœur d'un parking gigantesque et complètement désert. J'ai scruté les alentours, mais je n'ai vu personne:

PERSONNE!

J'arrêtais pas de me dire…

JE RÊVE OU QUOI?

Ma fausse famille d'accueil m'a vraiment… oubliée?

Et comme pour ajouter à mon stress du moment, j'ai réalisé que j'étais dévisagée par la vieille centenaire et le joufflu aux taches de rousseur et la conductrice, qui avaient tous l'air de se demander si j'allais, oui ou non, finir par descendre du bus.

J'étais clairement
la seule
à débarquer à Sainte-Lorette.

Les deux mains soudées à son volant, la chauffeuse m'a interpellée:

- C'est pas ici que tu descends, toi?
- Euh, oui, mais vous êtes certaine que c'est le bon arrêt? Je veux dire, y a pas d'autre gare à Sainte-Lorette?
- Non, y en a pas d'autre! Certain, certain! Bon, ben, décide-toi parce qu'on passera pas toute la journée ici, fille!

J'ai jeté un ultime regard vers l'extérieur. J'aurais donné la lune pour voir apparaître une voiture, au loin! Une voiture avec une famille au grand complet dedans et qui aurait surgi à toute vitesse, avec des pneus qui auraient fait un bruit de dingue (squeeeeeee… comme dans les scènes d'action). Tout le monde dans l'auto aurait essayé de s'entendre sur une version de l'histoire folle et à peine croyable qui leur serait arrivée et qui excuserait leur retard.

Et tout irait (un peu) mieux.

MAIS AUCUNE VOITURE
FAMILLE
HISTOIRE FOLLE
NE SONT VENUES À MOI.

Je me suis vite résignée. J'ai agrippé mollement les deux sacs poubelle qui me servaient de bagages et j'ai quitté ma place en traînant les pieds.

(Oui, mon père tient toujours ses promesses. Il n'est jamais retourné m'acheter de valise neuve.)

J'ai regardé l'autobus s'éloigner.
M'abandonner à ce paysage de banlieue
cent fois plus triste que dans mes cauchemars des derniers jours.

JE VAIS FAIRE QUOI, MOI ?

MA VIE EST UNE CATASTROPHE

(Fanny, reste calme. Respire.) MAIS JE STRESSE !!

(Non, je refuse que tu hyperventiles.)

LA VIE EST INJUSTE.

JE MÉRITE PAS DU TOUT CE QUI M'ARRIVE.

(JE SUIS UNE CATASTROPHE.)

OK, c'est officiel. Je deviens folle
(ou je suis la fille la plus seule au monde).
Je converse avec moi-même.

Lundi 22 août, 20h45

Comment j'ai été retrouvée après l'épisode du parking vide.

Je suis

A
r
r
i
v
é
e.

Je suis chez Lorette de Sainte-Lorette.

»»»» Lorette, de Sainte-Lorette. ««««

Non, mais c'est une blague, sérieux ? C'est la coïncidence la plus triste de l'univers. À la place de ma tante, j'aurais changé de nom pour… Laurie… Léanne… Léa… N'importe quel autre nom aurait fait l'affaire ! Mais je te jure, je n'aurais jamais accepté de m'appeler Montréal, moi.

Et, entre parenthèses, je suis en ce moment même sur un lit d'eau. C'est une invention vraiment bizarre. Ce serait tellement le genre de mon père d'imaginer un truc pareil ! Quand je bouge pour écrire (comme maintenant), ça fait des vagues. Une petite houle fatigante.

Bon, premièrement, Lorette, la sœur de ma mère, parle sans arrêt. Littéralement sans arrêt. Je crois qu'elle arrive à formuler ses idées en même temps que les mots sortent de sa bouche et ça donne quelque chose comme ça.

Ça a été la grande mode, les lits d'eau! Tellement qu'ils en ont inventé pour tous les goûts… Des lits d'eau durs comme de la pierre, des lits d'eau mous, des moyens-mous, des moyens-mous-fermes! Pour tous les goûts, j'te dis! Résultat, mon mari, André, en a acheté trois! Pas un! TROIS! Il est comme ça, mon André. Il aime exagérer… et exagérer, et exagéééééérer!!!! Mais tu vas voir, on s'habitue très vite à ça, un lit d'eau, ah oui, ah oui…

En attendant, Lorette qui-parle-tout-le-temps, moi, j'ai le mal de mer dans mon lit.
Bon, Fanny, concentre-toi pour raconter ton arrivée à Sainte-Lorette!!!

Voilà en gros comment ça s'est (mal) passé.

Quand j'ai réalisé que l'autobus était parti plus qu'officiellement et que j'étais bel et bien abandonnée à moi-même au milieu de nulle part, j'ai compris (l'instinct de survie, ça s'appelle) que la meilleure chose à faire était sans doute de me mettre à marcher. J'avançais vers je ne sais où et je laissais toutes les larmes du monde couler sur mes joues parce que la tristesse avait vraiment pris toute la place, quand un type avec un gros gros accent bizarre s'est adressé à moi (j'ai vite deviné que c'était Henri, le fils de Lorette, et que ce ne serait pas tout à fait la joie, entre nous deux):

- Hé, c'est la première fois que je vois ça, quelqu'un qui déménage avec des sacs poubelle!

Je me suis retournée lentement, les poings serrés, bien agrippés à mes deux sacs poubelle et je lui ai balancé ma réplique, du tac au tac:

LE GENRE DE GARS QUI VEUT AVOIR LE DERNIER MOT SUR TOUT.

- C'est la première fois que je vois ça, moi, une famille d'accueil qui oublie son invitée sur le parking vide d'un centre commercial !
- On t'a pas «oubliée». Je suis juste deux minutes en retard.
- Sept minutes.
- Cinq.
(Silence)
- Je m'appelle Henri.
- Je le sais que tu t'appelles Henri, mon père me l'a dit.

À travers ses grosses lunettes noires, les yeux d'Henri me fusillaient genre : *Tu te prends pour qui toi, dis donc ?* Henri-les-lunettes s'est emparé de mes deux sacs et m'a dit une dernière chose idiote avant de s'éloigner.

- En tout cas, t'as l'air nettement moins sympathique que sur les photos que ton père nous a envoyées.

Arrggghhh!

C'est bien parce que je suis seule au monde que j'ai accepté de te suivre, Henri-les-lunettes, sinon, je te jure ! Je t'aurais planté là, toi et ton air d'intello-nerd-je-sais-pas-quoi !

Donc voilà. Henri et moi on a marché côte à côte durant vingt interminables minutes, sans échanger l'ombre d'un mot, l'ombre d'un regard, l'ombre d'un rien du tout. Puis, au moment où je me disais que je n'aurais pas pu imaginer PIRE faux départ à mon arrivée à Sainte-Lorette, Henri s'est arrêté net. J'ai compris que le large, même très large sourire qui venait d'apparaître sur son visage voulait sans doute dire que la maison style bungalow qui se trouvait devant nous était la sienne (la… nôtre ?).

Puis, à cause de la nervosité qui fait ça des fois, Henri s'est mis à parler beaucoup et trop vite et ça a vaguement ressemblé à ça :

- C'est là ! On est arrivés. J'espère que tu pensais pas qu'on est riches parce qu'on n'est pas riches, comme tu peux voir. On n'est pas « pauvres » non plus, on est juste pas riches. Mon père est gérant du bowling. On est passés devant tout à l'heure, tu l'as remarqué ? On peut manger de la poutine quand on veut, gratis. Dis donc, tu parles jamais, toi ? Allez... suis-moi.

J'ai repris mes deux sacs poubelle des mains d'Henri...
et je l'ai suivi.

PAS QUESTION
QU'UN GARS
PORTE MES SACS UNE SECONDE DE PLUS.

Même date, UNE HEURE PLUS TARD
(dans mon nouveau lit)

Une odeur
de
pâté chinois.

Comme je le disais, on est finalement arrivés devant la maison et Henri s'est avancé (seul). Il a ouvert la porte. Une grosse porte rouge, sans fenêtre. Sans intérêt.

Moi, j'attendais. J'attendais je ne sais pas quoi, mais j'attendais. Henri m'a fait signe de la main, genre *Entre donc !* Je l'ai suivi parce que ça aurait eu l'air trop bizarre que j'hésite une seconde de plus, mais j'avais cette drôle d'impression que chacun de mes pas rendait la situation plus vraie, plus tristement vraie.

Je ne voulais pas entrer dans cette maison,
mais je devais me rendre à l'évidence.

J'ai trouvé que ça sentait le pâté chinois. Même si c'est réconfortant, normalement, l'odeur de pâté chinois, on dirait que cette fois, ça m'a laissé comme un vide. Ça m'a rappelé papa. Ça m'a donné envie d'être n'importe où sauf loin de chez moi dans une maison qui sent le pâté chinois.

Dans le salon, Céline Dion chantait *Donne-moi des mots qui sonnent, des mots qui résonnent, la la la, bla bla bla.* J'ai alors vu Lorette arriver presque en courant, une spatule pleine de patates pilées dans les mains. Et j'ai compris une chose.

Si je ne savais absolument
RIEN
des mois à venir
je pouvais ASSURÉMENT dire
qu'ils ne seraient
pas

de tout repos.

- Bon ! Vous êtes arrivés, vous deux ! Je commençais à m'inquiéter ! Mon Dieu que tu ressembles à ta mère, c'est é-pou-van-table !
- Ah, ben… merci.
- Ils sont où, tes bagages ?
(Mes deux sacs poubelle toujours dans les mains.)
- Euh, c'est une longue histoire…
- Bon, ben j'espère que t'aimes le pâté chinois et les betteraves !
- Oui oui, j'aime ça, j'aime tout en fait, mais là j'ai comme un gros mal de ventre. Je pense que je devrais aller dormir.
- Dormir ? Tu vas quand même pas aller te coucher le ventre vide ?
- Ben, j'ai pas faim faim, je suis vraiment fatiguée, Lorette.
- Appelle-moi tantine. Je suis ta tantine au fond, tu sais !
(Essayant d'être crédible.)
- OK, ben, je suis fatiguée… « tantine ».

Heureusement, Lorette n'a pas insisté alors je n'ai pas été forcée de manger son pâté chinois ni ses betteraves. Je n'ai pas eu non plus à supporter une minute de plus l'air bizarre d'Henri qui m'a dévisagée jusqu'à ce que je referme la porte de ma chambre avec des yeux qui disaient genre…

T'es la fille la plus bête de l'univers
et tu vas habiter
chez moi.

Mardi 23 août

Premier matin CATASTROPHE.

ANDRÉ!!!!

ANDRÉÉÉÉÉÉ!!!!!!

Je peux le dire, mon premier matin a été tout à fait à l'image de mon arrivée à Sainte-Lorette, c'est-à-dire catastrophique. Je me suis réveillée au son de la voix la plus aiguë du monde (celle de ma tante Lorette). J'ai deviné que la cuisine était l'épicentre de la catastrophe en cours à cause du bruit métallique des casseroles qui se cognaient les unes aux autres, BANG BANG BANG, chaque fois que ma tante poussait un hurlement. Sur le coup, j'ai pensé qu'un accident grave était arrivé – le genre qui obligerait mon père à rentrer d'Asie et qui nous permettrait de retrouver notre vie d'avant. ← Rêve pas, Fanny.

Mais une petite voix en moi (celle qui me rappelle toujours à la raison) est montée de je-ne-sais-trop-où pour me dire quelque chose comme…

Fanny, rends-toi à l'évidence!

Ton père a trouvé le bonheur là-bas
et tu ne retourneras pas chez toi
et tu es coincée ici.

Puis, comme si j'avais été frappée d'un éclair de lucidité, ma tristesse a fait place à une grosse dose de nervosité.

CHAUSSETTES GARDE-ROBE
POUBELLE TROUSSE À CRAYONS

***

J'ai cherché partout partout, mais il était NULLE PART !

Je me suis levée d'un bond et me suis précipitée vers la cuisine. Lorette se tenait debout sur une chaise et sautait sur place en s'époumonant *André, écrase-le ! ÉCRASE-LE pour l'amour de Dieu !* Quand j'ai vu André se jeter en direction de la poubelle en agitant un balai dans tous les sens, j'ai crié tellement fort que tout le monde s'est arrêté net de bouger.

- Noooooooooooon ! Ne lui faites pas de mal ! C'est Albert, il est pas méchant ! Il est à moi…

Lorette (peinant à garder l'équilibre sur sa chaise) :
- T'as emmené un RAT dans notre maison, bonté divine, Fanny ?!
- C'est pas un rat : c'est un furet. Un FU-RET !

Henri, qui avait raté toute la scène, s'est avancé vers le frigo avec ses six secondes de retard et son pyjama à carreaux (berk). Il a frotté l'intérieur de ses lunettes – l'air de se demander d'où venait toute cette agitation – et a bâillé à Lorette un *M'man, il reste des Corn Flakes* ? J'ai décidé de profiter de ce petit moment d'accalmie pour aller récupérer Albert, pétrifié derrière la poubelle. Je me suis dépêchée de le cacher dans la poche de mon kangourou en espérant qu'il se ferait oublier un peu et me suis éloignée vers ma chambre en chuchotant dans ses petites oreilles de furet pas prudent :

VIENS ICI, IDIOT. T'ES CONTENT, LÀ ?
T'AS FAIT PEUR À TOUT LE MONDE.
J'AI JUSTE TOI AU MONDE EN CE MOMENT
ET TU T'ARRANGES POUR QU'ON SOIT SÉPARÉS.
FAIS PLUS JAMAIS ÇA, ALBERT, TU M'ENTENDS ?

Les murs sont minces comme du carton ici, alors même si Lorette a pris la peine de chuchoter pour s'adresser à son mari, j'ai tout entendu de leur conversation.

PAUVRE
ALBERT

- On va quand même pas garder son espèce de «rat» dans la maison? André, j'te parle!
- Ben, je ne sais pas, moi! Fanny a l'air d'y tenir. On va quand même pas l'emmener à la SPA! Je pourrais dire à Fanny de le mettre dans une cage?
- Ah oui? Et quand elle va aller à l'école, qui c'est qui va s'occuper de son «rat», tu penses?
- Je pourrais l'emmener au bowling? Dans une cage, je vais le mettre, euh... en dessous du comptoir de location des chaussures. On va trouver une solution.

UNE CAGE? AU MILIEU DE CHAUSSURES DE BOWLING?!

Essayez de mettre Albert dans une cage
avec des chaussures qui puent,
vous allez voir.

P.-S.
L'école commence dans 6 jours.

Mercredi 24 août

Je ne veux pas d'une nouvelle famille.

19h33. Lorette, André et Henri ont commencé à manger sans moi, ce soir. Je savais bien que ce n'était pas «la» chose à faire, mais je ne trouvais pas la force de les rejoindre, alors je me suis cachée avec Albert dans le fond de la penderie de ma chambre. Oui, t'as bien lu, journal.

Dans le fond de la penderie.

Je fais ça depuis que je suis petite: quand ça ne va pas, je me réfugie dans le premier placard que je vois. C'est le moyen le plus efficace que j'ai trouvé pour disparaître, pour me fabriquer un abri nucléaire à la hauteur de mes émotions.

Je suis donc restée là, assise dans le noir sur un gros tas de chaussures d'inconnus, la tête entre deux pantalons, à supplier l'univers pour que Lorette arrête de fouiller la maison entière en criant mon nom.

- Fanny ! Fanny, le dîner est prêt ! Voyons, on disparaît pas comme ça !
- Elle est peut-être sortie dehors ?
- Elle est assez folle pour faire une fugue.
- Voyons, Henri, on dit pas des choses comme ça. Laissez-la donc respirer un peu !
- Pour aller où, bonté divine ?! Henri, tu me stresses.

Lorette m'a cherchée pendant trois grosses minutes, après quoi elle est retournée à son saumon plus très chaud.
- Bon, Fanny va bien finir par revenir ! On va manger, nous, ça va être tout froid.

J'ai caressé Albert en pleurant avec mon nez dans ses poils parce que c'est la chose qui me réconforte le plus au monde.

- Tu vois, Albert. On vaut même pas un saumon froid, nous, ici.

Mais plus les minutes passaient, plus je commençais à me trouver nouille et seule et beaucoup trop transparente à mon goût. Dans ma cachette (vraiment nulle), je suis vite passée de fugitive à prisonnière. Alors je suis sortie de la penderie, et moi et mon air triste on est allés rejoindre tout le monde à table.

Je sais pas si c'était leur façon d'essayer de rendre la situation moins étrange, mais André, Lorette et Henri n'ont absolument rien dit quand ils m'ont vue entrer dans la cuisine. Je me suis assise (pas le choix) et j'ai mangé une bouchée de mon saumon en pensant :

JE SUIS CLAIREMENT EN TRAIN DE VIVRE
LE MOMENT LE PLUS GÊNANT
DE TOUTE MON EXISTENCE.

André a (enfin) brisé le silence.
- Et tu aimes la campagne, Fanny ?

C'est là que j'ai compris un truc. Chaque fois qu'André parle, Lorette prend instantanément un air exaspéré et trouve les mots pour le casser.

- On n'habite pas à la campagne quand même ! T'es comique, toi.
- J'ai juste dit ça parce que Fanny vient de Montréal. Pour elle, ça doit être un peu comme la campagne, chez nous ! Sirop, Lorette.
- On dirait que tu ne sors pas souvent d'ici pour dire des bêtises pareilles, toi.

Long silence du type

« il y a de la tension dans l'air ».

- Je sortirais bien des fois. En tout cas, c'est pas moi qui ai annulé notre voyage en Italie.
- Hé, reviens pas avec ça. Ça aurait coûté une fortune pour aller manger des pâtes et dormir dans des hôtels à 200 dollars la nuit !
- (en marmonnant) : On l'avait…

Là, j'ai vu Lorette s'avancer sur le bord du bord de sa chaise, comme pour bien capter les mots de son mari.
- Pardon, t'as dit quoi ?
- J'ai dit, on l'avait… l'argent.

Lorette s'est dirigée vers l'évier et, comme pour occuper ses mains trop vides, a remis de l'eau dans la carafe déjà pleine.
- Là, on l'a plus ! Et t'as une belle grosse télé à place, donc on peut changer de sujet !

J'ai regardé Henri et j'ai compris, à sa manière de manger tranquillement sans se soucier de la discussion, qu'il était devenu imperméable à la tension qui semble régner quotidiennement entre ses parents. André a terminé son assiette en silence et s'est éloigné vers le salon avec un air plus proche de la fatigue que de la tristesse.
Je me suis dépêchée de terminer mon saumon à mon tour et je suis allée me réfugier dans ma chambre.

J'ai pensé : ils vont sans doute dire que je suis sauvage, que je m'isole, que je ne m'intègre pas bien, mais j'ai pas envie de passer la soirée avec eux. J'ai pas envie d'errer dans les corridors tristes de cette maison triste. Pas envie de faire comme chez moi et encore moins de faire les efforts qu'il faudrait que je fasse pour pouvoir me tailler une place au cœur de cette famille que je ne connais même pas.

C'est là que j'ai compris.

Je ne serai
JAMAIS
PERSONNE
ici, moi.

Je ne ferai jamais partie de leur truc, de leur routine… de leur triste trio. Et puis, je ne veux pas d'une nouvelle famille.

C'est ça, la vérité.
JE VEUX MON ANCIENNE VIE.

C'est tout ce que je demande, un point c'est tout.
Un chez-moi à moi.

4 MOIS ? 6 MOIS ?
… 1 AN ???

En tout cas, quand mon père est venu me déposer à la gare d'autobus il y a deux jours, il m'a laissé entendre que la durée de son absence dépendrait de la réaction des juges face à ses recherches sur les (foutues) méduses. Mais le pire, tu sais c'est quoi, journal ? (Pardon, journal, je m'adresse encore à toi comme si tu étais vivant, c'est plus fort que moi.) Le pire, c'est que je crois que ça l'a soulagé, mon père, de me préparer au fait qu'il pourrait être parti vraiment longtemps.

ÇA LUI A ENLEVÉ UN POIDS.

À l'arrêt de bus

- Papa, c'est possible que tu partes genre... vraiment longtemps ?
- Ben, ça va dépendre, Fanny.
- Ça veut rien dire ce que tu viens de dire : « Ça va dépendre. »
- Ben, si les juges voient un gros potentiel en lisant mes nouvelles recherches, ils vont peut-être vouloir développer un vrai centre d'études, des prototypes...
- Je sais même pas c'est quoi un proto-typo-machin.
(En me pinçant les joues comme si j'avais 4 ans.)
- On n'en est pas là, mon petit chaudron ! Essaie donc de voir le bon côté des choses !
- Quel bon côté des choses ? Je connais personne là-bas !
- Ben moi non plus je connais personne, au Japon ! Mais c'est ça les voyages, ma puce !
- Hé, c'est vrai, merci papa. Pendant que toi tu vas jouer à l'inventeur à l'autre bout du monde, moi je vais avoir la chance de découvrir la grande ville que tout le monde rêve de visiter une fois dans sa vie... et j'ai nommé : Sainte-Lorette !
- Arrête, Fanny.
- Toi arrête.
- C'est le rêve de ma vie. T'es pas capable de comprendre ça, bon sang ?!
- C'est ça ! Vis-le donc, ton foutu rêve !

Ça fait des jours et des jours que j'essaie d'être forte. Mais honnêtement, journal, qui arriverait à traverser une épreuve pareille ?

Sérieux.
Fanny x

Jeudi 25 août

Texto à ma peut-être «ancienne meilleure amie».

J'ai décidé de mettre mon orgueil de côté et d'écrire à Sophie, ma peut-être «ancienne meilleure amie».

L'idée était... BOF.

TEXTO À SOPHIE

Salut, Sophie.
Je sais que t'es en colère
pour l'histoire des Nike,
et je m'excuse vraiment pour ça,
mais je pense que si tu savais ce qui m'arrive,
tu le croirais pas.
Texte-moi ASAP URGENT S.T.P.
J'ai été parachutée dans une famille inconnue.
Fanny xx

Sérieux, j'en reviens pas. Ça fait 32 minutes que j'ai texté Sophie et elle ne m'a pas répondu. Je le sais qu'elle est chez elle à rien faire parce que sa mère a annulé les vacances à Disney World qui étaient prévues avant le retour à l'école – elle avait évidemment «trop de travail». (Ça fait deux années de suite que Sophie se fait avoir par sa mère.)

Je sais que je viens de le dire, mais je vais le redire encore! J'en reviens pas, Sophie Tremblay! C'est écrit dans mon texto: **Urgent!**

Vendredi 26 août

Henri et moi au Quille qui va gagner.

Henri a eu la brillante idée de me convaincre de passer mon premier vendredi soir avec lui au bowling où son père travaille. L'endroit s'appelle le Quille qui va gagner (c'est le plus mauvais jeu de mots de l'univers).

Allez, je pense que ça va te faire du bien de sortir un peu, l'école recommence dans deux jours et t'es pas sortie de ta chambre depuis que t'es arrivée... viens donc, qu'il m'a dit. Je me suis laissé convaincre, même si la perspective de sortir en tête-à-tête avec mon nouveau «frère d'adoption» me laissait plutôt de glace.

Quille qui va gagner

- FACTURE -

1 poutine extra fromage
3 hot-dogs ketchup-mayo
1 rondelle d'oignon
1 crème glacée

$9,44
TOTAL $ 9,99

Assise au comptoir de la cantine du bowling, j'ai eu les yeux rivés à la bouche d'Henri pendant six grosses minutes. Je l'ai regardé ingurgiter une quantité de nourriture absolument phénoménale sans pouvoir lui cacher mon dégoût.

- Ben quoi? qu'il m'a dit.
- Quoi, quoi?

- Ben pourquoi tu m'regardes comme ça ? Ils mangent pas de poutine, à Montréal ?
- Euh si. Mais pas comme ça.
- Quoi, ils mettent du caviar dedans, je parie ?
- Ben non, c'est juste que...
- C'est-juste-que-quoi ?
- Ben, je sais pas, on vient pas d'annoncer la fin du monde. Je veux dire, tu peux manger moins vite, c'est tout. Y a pas le feu.

Ouais, j'aurais peut-être pu y aller moins fort, j'avoue.

Henri a enlevé ses lunettes et les a frottées avec l'intérieur de son pull. J'ai compris à ce moment-là que c'est un genre de tic chez lui. Quand il est frustré, gêné, quand il vit une émotion tout court, Henri fait semblant de frotter ses lunettes. Sa petite manie lui permet de gagner le temps nécessaire pour trouver la bonne réplique, incisive, la réplique qui fait mal.

- Tu sais, Fanny, si je suis ici en train de manger mes hot-dogs « trop vite », c'est juste parce que ma mère a tellement insisté pour que je te sorte, que j'ai fini par trouver ça plus fatigant de l'entendre que de m'imaginer ici avec toi. Et tu sais quoi ? Je réalise que je me suis trompé. Salut !

Henri a remis ses lunettes et s'est levé sans rien ajouter de plus.

Rien.

Je l'ai regardé quitter le bowling désert. Puis, à mon grand étonnement, il a fait demi-tour et est revenu vers moi. *Ouf,* que je me suis dit. J'étais déjà en train de chercher les bons mots, un genre de *Je suis désolée, mange tous les hot-dogs du monde si tu veux, je m'en fous pas mal, j'ai juste pas envie d'être toute seule* quand je l'ai vu qui se penchait au sol pour ramasser quelque chose.

HENRI AVAIT OUBLIÉ SON SAC
ET PUIS C'EST TOUT.

Il ne revenait pas pour faire la paix, il ne revenait pas parce qu'il a eu pitié de moi (ben quoi, j'ai toutes les raisons du monde d'être froide et inapte à me faire de nouveaux amis).

Non.

HENRI REVENAIT PARCE QU'IL AVAIT BÊTEMENT
OUBLIÉ SON SAC.

Je suis restée là
toute seule
à me trouver stupide devant mon soda
et les restes de hot-dogs d'Henri.

Puis, André (qui était là parce qu'apparemment il passe tous les soirs de sa vie à gérer le Quille qui va gagner) est venu s'asseoir devant moi. Il avait dû assister à la scène parce qu'il a pas arrêté de me regarder avec un drôle d'air genre proche de la pitié, mais pas exactement. J'ai décidé de briser le silence parce que j'avais quelque chose de vraiment méga-important à lui dire.

- Merci pour Albert, pour mon furet. Je veux dire, merci de pas l'avoir chassé.
- Ça fait plaisir… Tu sais, Fanny, ça va aller. La vie nous en fait voir de toutes les couleurs parfois. Mais après la pluie, le beau temps revient toujours à son aise… Fais pas le vide autour de toi parce que t'as peur du vide, justement. Tu comprends un peu ce que j'essaie de te dire?

NE FAIS PAS LE VIDE
AUTOUR DE TOI.

Je crois que j'ai hoché la tête, même si j'avoue que je ne suis pas certaine d'avoir compris ce qu'André essayait de me dire à propos du vide. (Y me semble que c'est le contraire ! Tout déborde de partout en ce moment.)

Je l'aime un peu, André.
Ça fait au moins une personne de normale ici.

Dimanche 28 août

Mon seul ami potentiel (Henri) me déteste.

Depuis l'épisode du bowling, Henri-les-lunettes fait littéralement comme si je n'existais pas. Ce matin, alors que je venais de me servir un bol de Rice Krispies, il a bu à même la bouteille de lait qui était dans le frigo et l'a complètement vidée ! Je parie qu'il avait même pas envie de boire du lait, l'espèce d'andouille. J'ai été obligée de manger mes céréales avec du lait de soja ! Berkkkk.

Je le déteste.
Je le déteste.
Je le déteste.

Demain, c'est le premier jour d'école. J'ai compris que j'avais un sérieux problème quand j'ai aperçu un livre de chimie dépasser du sac à dos d'Henri dans l'entrée de la maison. J'ai exactement le même que lui ! Ce qui veut dire que (oui, t'as bien compris, journal), comme moi, Henri entame sa troisième demain. Je croyais, oui j'étais absolument certaine, qu'il commençait sa quatrième !

(Papa m'avait pourtant dit qu'Henri avait un an de moins que moi ! Il a dû sauter une année quand il était petit ou un truc du genre.)

RÉSULTAT :

Je commence ma troisième dans
une nouvelle école demain
et la SEULE personne qui me connaît
me DÉTESTE.

J'espère qu'Henri est l'élève le moins populaire du collège de Sainte-Lorette. J'espère que tout ce qu'il pourra dire de méchant ne sera pas retenu contre moi !

// P.-S. //

LORETTE NE S'EST PAS RENDU COMPTE QU'HENRI ET MOI ON SE DÉTESTE PARCE QU'ELLE EST EN TRAIN D'ORGANISER UNE « IMPORTANTE SOIRÉE TUPPERWARE » ET QUE SON NOUVEAU PROJET ACCAPARE TOUT SON ESPRIT.

// P.-P.-S. //

PAPA ARRÊTE PAS DE M'APPELER SUR SKYPE. JE FAIS TOUJOURS SEMBLANT QUE JE SUIS TROP OCCUPÉE.

JE LAISSE SONNER
MILLE FOIS

ET IL FINIT PAR ARRÊTER D'INSISTER.

Lundi 29 août

JE DÉTESTE L'ÉCOLE À PARTIR DE DORÉNAVANT.

(RÉSUMÉ DE MA PREMIÈRE JOURNÉE : COLLÈGE DE SAINTE-LORETTE)

Alors.
Par où commencer ?

Bon. Premièrement, disons simplement ceci : à partir de maintenant, Henri ne mérite plus que je dépense une goutte d'énergie à écrire à propos de lui. OK, je l'avoue, j'ai été nulle / snob / ingrate, oui.

Mais lui,
il s'est comporté comme un parfait con
ce matin.

7h05. Je prenais ma douche. J'étais arrivée à l'étape du rinçage (shampoing) et, comme ça, PAF, sans prévenir, il y a eu une coupure d'eau ! Je sentais la mousse couler dans mes yeux et je me disais…

>>>> NOOOOOON, PAS CE MATIN, SVP… <<<<

Mais rien à faire. Il y avait encore moins d'eau dans cette douche que dans le désert du Sahara. Je suis sortie en hurlant à cause du savon qui me brûlait les yeux, alors évidemment Lorette est arrivée en hurlant elle aussi et catastrophe… elle a ouvert la porte.

Aveuglée par le savon,
j'ai crié ma honte d'être là
TOUTE NUE
devant ma tante.

Albert est le seul être vivant sur terre qui a le droit de me voir toute nue, bon !!!

- Fanny, qu'est-ce qu'il y a pour l'amour de Dieu ! Ça va ?
- Sors, tantine !
- Mais enfin, Fanny, j'ai déjà été jeune ! Et puis je regarde même pas !
- Lorette, donne-moi une serviette !

J'ai agrippé la première chose à laquelle mes mains avaient accès – le vieux rideau de douche familial – et me suis drapée dedans jusqu'à ce que Lorette se décide enfin à me tendre une serviette.

OK.
Je n'ai jamais vraiment eu de maman.

Mais il me semble que tout le monde
SAIT
que c'est PRIVÉ, une douche !

J'ai passé une demi-heure avec du shampoing sur la tête avant que l'eau ne se remette à couler. Résultat ? Henri et moi, on a raté l'autobus. Je tiens à préciser ici qu'Henri – pas du tout solidaire – voulait me laisser toute seule quand il a vu le bus jaune ralentir devant la maison, mais que Lorette l'a obligé à m'attendre.

-Tu bouges pas d'ici, Henri Dubé. Si je te vois monter dans cet autobus, tu vas avoir affaire à moi ce soir, je te le garantis sur facture !

On a donc dû se rendre à l'école à vélo – lui sur un super vélo de sportif un peu trop coloré et moi, sur le vieil engin à deux roues tout rouillé de sa mère, style « je suis une hippie en 1960 ».

Évidemment, Henri ne m'a pas adressé la parole du trajet. On a fini par arriver et pendant qu'on mettait les cadenas sur nos vélos devant l'école, la cloche a sonné.

- Super, on est en retard. J'aurais jamais dû écouter ma mère.
- Hé, tu penses sérieusement que c'était mon plan de me brûler la rétine avec du shampoing ?

Henri a soupiré et s'est dirigé vers la porte d'entrée de l'école. Mes yeux rougis ont eu raison, pour une fois, de son obsession à toujours vouloir avoir le dernier mot.

Une fois à l'intérieur, je l'ai suivi (malgré moi). Je ne pouvais pas me permettre d'être plus en retard ! Après avoir gravi trois étages (il faut vraiment que je me remette en forme), on s'est retrouvés lui et moi devant une dizaine de feuilles placardées au mur. Des listes remplies de noms qui indiquaient à quelle classe appartenait chacun des élèves. Henri, qui cherchait son nom du bout du doigt, s'est mis à rire comme un gros débile.

- Hahaha ! T'es dans la classe de Mme Lizière !! Trop drôle ça. Classe 303. Si j'étais toi, je me dépêcherais et pas qu'un peu !
- Pourquoi ? Elle est si sévère que ça ?
- Disons que tu vas avoir une vraie bonne raison de détester Sainte-Lorette maintenant.

Henri s'est arrêté de rire.

- Sérieux ? Oh noooon… Pas vrai…
- Quoi ? Qu'est-ce qu'il y a ?
- Rien. Laisse tomber.
- …

Henri s'est mis à marcher (vite).
Je l'ai suivi en jetant un œil aux numéros sur les portes.

Il s'est arrêté devant la même porte que moi. Je n'ai pas pu m'empêcher de rire !

- Toi aussi t'es dans la classe de Mme Lizière ? Tu t'es foutu de moi, mais finalement… on est dans la même classe ! Ça, c'est quand même drôle !

HAHAHAHAHAHAHAHAHAHAHAHAHAHAHA
(rire exagéré)

HAHAHAHAHAHAHA

Au moment où je commençais à me dire que j'avais sans doute assez ri d'Henri, un homme avec un complet brun beaucoup trop grand pour lui et une cravate à pois – qui allait parfaitement bien avec son accent français – nous a interpellés. J'ai tout de suite compris, à son air arrogant, qu'il s'agissait du directeur de l'école.

- Henri Dubé, comme c'est intéressant ! Vous commencez l'année avec dix minutes de retard ! Eh bien… on voit que l'été n'a pas réussi à chasser vos bonnes vieilles habitudes ! Allez… dépêchez-vous ! Et vous aussi, mademoiselle !
- Fanny. Je m'appelle Fanny et on est en retard parce que…
- Tut-tut-tut. Vous expliquerez tout ça à Mme Lizière ! Allez, de l'air ! Oust !

De l'air ?
Quel genre de directeur demande à ses élèves de faire *de l'air* ?

J'ai poussé la porte de la classe.
C'est là que je l'ai vue.

MME LIZIÈRE

Elle était là.
Debout, au tableau.

Trop grande et surtout
TROP MAIGRE.

Dans des vêtements ajustés au millimètre près sur chacune des parties de son corps.

Affairée à user ses nouvelles craies de la rentrée, Mme Lizière n'a même pas daigné se retourner vers nous (même si on avait quand même fait pas mal de bruit en ouvrant la porte de la classe). Alors Henri et moi, on est bêtement restés figés devant la porte à attendre je-ne-sais-pas-quoi. Lui, il a frotté l'intérieur de ses lunettes, pendant que moi, je scrutais la maille interminable qui traversait – sur toute la longueur – le bas de nylon brun de notre professeur.

C'est alors qu'avec une drôle de manie démodée de rouler ses «R», madame Lizière nous a apostrophés.

- *N'interrrrrompez pas mon courrrs, allez vous asseoirrr, j'aurrrai affaire à vous plus tarrrrd.*

P.-S.

Mon père m'a téléphoné sur Skype ce soir. J'ai même pas répondu. J'ai pas été capable, pour être honnête. Tu sais, je me doutais tellement qu'il voudrait que je lui raconte ma première journée d'école. Mais je lui aurais dit quoi au juste ? «Salut, papa. Ça va? Moi? Non. Je pourrais commencer par te dire que je suis tombée sur la pire prof de l'univers et que j'ai mangé toute seule assise devant mon casier ce midi puis que personne s'est approché de moi, comme si j'avais la lèpre ou un truc du genre. Et je me sens comme un gros zéro partout où je mets les pieds dans cette école-là, si tu veux savoir. Oh, mais non! Évidemment, tu veux pas savoir. Tu t'amuses tellement dans ta belle vie, toi, papa». Tu vois.

Ça servirait
à rien
que je lui parle.

Oui, je sais. Je pourrai plus l'éviter longtemps. Mais ce soir, je pouvais juste pas être confrontée à ses grandes réflexions existentielles et pas du tout encourageantes.

Bonne nuit, F. xx

Mardi 30 août, 5h45

250 fois pour rien!

Oui, t'as bien lu, journal!

Figure-toi que je me suis levée avant le soleil ce matin parce que ma prof, Mme Lizière, m'a dit que si je voulais pouvoir assister à son prochain cours, il fallait que j'aie recopié 250 fois la même phrase!!!

** 5 feuilles de papier gaspillées,
si tu veux mon avis, journal **

Mme Lizière ne tolère pas les retardataires
Mme Lizière ne tolère pas les retardataires.
Mme Lizière ne tolère pas les retardataires
Mme Lizière ne tolère pas les retardataires.
Mme Lizière ne tolère pas les retardataires.
Mme Lizière ne tolère pas les retardataires.
Mme Lizière ne tolère pas les retardataires
Mme Lizière ne tolère pas les retardataires
Mme Lizière ne tolère pas les retardataires.
Mme Lizière ne tolère pas les retardataires
Mme Lizière ne tolère pas les retardataires.

Mme Lizière ne tolère pas les retardataires.
Mme Lizière ne tolère pas les retardataires.
Mme Lizière ne tolère pas les retardataires.
Mme Lizière ne tolère pas les retardataires.
Mme Lizière ne tolère pas les retardataires.
Mme Lizière ne tolère pas les retardataires.
Mme Lizière ne tolère pas les retardataires.
Mme Lizière ne tolère pas les retardataires.
Mme Lizière ne tolère pas les retardataires
Mme Lizière ne tolère pas les retardataires.
Mme Lizière ne tolère pas les retardataires.
Mme Lizière ne tolère pas les retardataires.
Mme Lizière ne tolère pas les retardataires
Mme Lizière ne tolère pas les retardataires
Mme Lizière ne tolère pas les retardataires.
Mme Lizière ne tolère pas les retardataires
Mme Lizière ne tolère pas les retardataires.
Mme Lizière ne tolère pas les retardataires
Mme Lizière ne tolère pas les retardataires.
Mme Lizière ne tolère pas les retardataires
Mme Lizière ne tolère pas les retardataires.
Mme Lizière ne tolère pas les retardataires.
Mme Lizière ne tolère pas les retardataires
Mme Lizière ne tolère pas les retardataires
Mme Lizière ne tolère pas les retardataires.

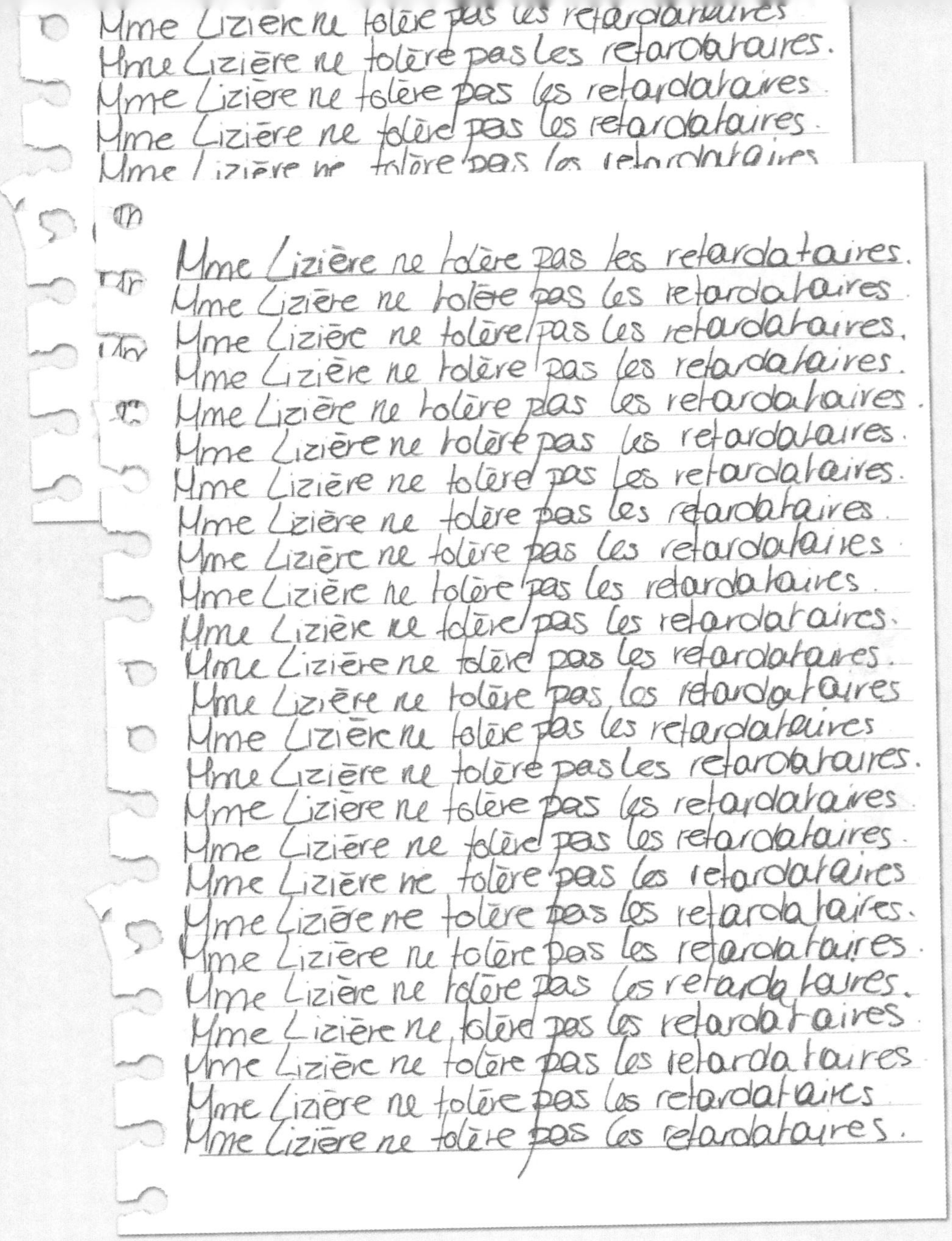

Souhaite-moi bonne chance pour ma deuxième journée d'école qui commence dans exactement deux heures.

Beeeeeerk!

Mardi 30 août (suite)

Le rouge à lèvres de Mme LIZIÈRE.

Je ne sais pas si on peut qualifier cette deuxième journée d'école comme « moins pire » que la précédente.

Point positif :
L'eau n'a pas été coupée ce matin et aucune autre sorte de catastrophe ne m'a fait arriver en retard.

Point négatif :
J'ai réussi à devenir amie avec la fille la moins populaire de l'école.

7 h 54 J'avais décidé d'arriver à l'avance et de m'asseoir à mon pupitre en attendant le début du cours pour montrer à Mme Lizière qu'elle ne pourrait pas s'acharner sur mon cas. (Je connais ce genre de profs. Quand ils prennent un élève en grippe, ils ne le laissent pas tranquille de l'année !)

Suspicieuse, Mme Lizière me regardait du coin de l'œil. Je lui ai fait un sourire beaucoup trop large (je crois que ça l'a un peu agacée).
- Vous avez apporté la copie concernant votre retard d'hier, Fanny ?
- Oui, madame. J'ai fait tout ça dans mon lit ce matin. Et j'ai vu le soleil se lever.
(Je cherchais pas à être effrontée, j'ai vraiment vu le soleil se lever, bon.)

- Très bien. Tant mieux si vous avez su joindre le nécessaire à l'agréable.

Mme Lizière, satisfaite, a pris une grande gorgée de café. Son sourire est allé s'imprimer sur le rebord de sa tasse et alors, je n'ai pas pu m'empêcher d'en rajouter !

J'aurais tellement dû la fermer !
La cloche allait sonner dans quoi ?
2 minutes ?

- Madame, je peux vous dire quelque chose ?

Mme Lizière a hoché la tête sans lever les yeux de son magazine. Je sentais bien que je la dérangeais, mais elle m'écoutait, alors j'ai dit ce que j'avais à dire.
- Je viens de Montréal et dans un grand magasin au centre-ville, il y a des sortes de rouges à lèvres qui restent toute la journée sur les lèvres. La vérité, ça marche. Ils appellent ça *du vernis à lèvres.*

Mme Lizière a levé les yeux vers moi et j'ai compris, à son regard désapprobateur, que je n'aurais pas dû lui parler de son rouge à lèvres.

- Et pour quelle raison, exactement, vous me parlez de ça, mademoiselle Fanny ?
- Ben, c'est juste que j'ai remarqué que votre rouge à lèvres, il va sur vos dents et sur votre tasse tout le temps, j'ai pensé que…

Le bruit de la cloche a étouffé la fin de ma phrase et j'en ai profité pour changer de sujet (euh non, arrêter de parler tout court en espérant que Mme Lizière oublierait cette histoire de rouge à lèvres). Là, un tsunami d'élèves a envahi la classe brutalement et Mme Lizière, habile, a attendu qu'ils soient tous assis et qu'on puisse entendre une mouche voler avant de me balancer sa réplique.

- Mademoiselle Cloutier, je ne sais pas ce qu'ils enseignent, les professeurs de Montréal, mais ici, à Sainte-Lorette, on apprend aux élèves le respect et la politesse! Vos conseils sur la mode et autres détails superficiels n'intéressent personne ici! Levez-vous. Vous allez passer votre avant-midi à la bibliothèque. (...) Allez! Je ne veux plus vous voir dans ma classe. Les autres, sortez vos livres de géographie, page 56.

- Sérieux? Je voulais juste être gentille, et puis vous...

- Debout, mademoiselle Fanny, ou je vous fais recopier 600 fois «Je me mêle de mes affaires» pour demain matin!

Je n'ai pas insisté
une seconde
de plus.

J'ai pris mon sac et je suis sortie de la classe de cette prof zélée au visage aussi écarlate que son rouge à lèvres bon marché. Quand je suis passée à côté d'Henri – assis à la première rangée –, j'ai senti qu'il me tendait quelque chose. Un petit bout de papier chiffonné. Je n'avais pas besoin d'être remarquée de plus belle par cette chipie de prof, alors j'ai attrapé son mot au vol sans réfléchir.

Une fois en dehors de la classe, j'ai déplié le mot en boule qu'Henri m'avait remis.

***

Le con.

Après avoir flâné pendant dix grosses minutes dans les corridors de l'école, j'ai décidé d'obéir à Mme Lizière et de me rendre à la bibliothèque. La dame qui se trouvait à l'accueil m'a regardée comme si j'étais une sorte de dépravée sans avenir. (J'imagine qu'elle a l'habitude. Tous les élèves qui atterrissent dans sa bibliothèque pendant les heures de cours doivent avoir été jetés en dehors de leur classe, ça me paraît évident.)

Je me suis dirigée vers le fond de la bibliothèque. Alors que je lisais sans grand intérêt les titres des romans en traînant les pieds dans les allées, une fille m'a apostrophée, depuis l'autre côté de la rangée de livres. Je ne la voyais pas, mais j'ai compris qu'elle portait un appareil dentaire parce que ça faisait un drôle de bruit quand elle parlait.

- Toi auchhhi t'es exemptée du cours de gzzéogracchie ? qu'elle m'a dit.
- Euh, ouais, si on veut…
- La vérité, chhh'étais vraiment contente quand ma mère m'a dit que chhh'aurais pas à suivre le cours de gzzéo et que je pourrais lire tous les livres du monde pendant chhe temps-là… Jchhh'aime vraiment cha lire ichi, je shais pas trop pourquoi en fait. Toi ausscchhi hein… je ccchuppose ?
- Euh. Je…

BOUUUUUUUUUUm

Un bruit sourd provenant de l'avant de la bibliothèque nous a alors fait sursauter toutes les deux. La dame de l'accueil (facile à exaspérer apparemment) venait de laisser tomber un énorme dictionnaire sur son bureau, pour attirer notre attention. Son majeur tout ridé pointait une affiche, juste au-dessus de sa tête.

SILENCE
DANS CETTE
BIBLIOTHÈQUE!

LÉONIE
Tu parles à cette fille-là en public, Fanny, et tes chances de devenir l'amie de QUI QUE CE SOIT à Sainte-Lorette sont anéanties.

La fille à l'appareil dentaire s'est avancée vers moi et m'a chuchoté un truc à l'oreille avant de s'enfuir comme une voleuse.
- Ze m'appelle Léonie! Jcche serais scchuper contente de devenir ton amie chi tu veux! Bye!

Une pensée cruelle, je l'avoue, m'a traversé l'esprit alors que je regardais cette Léonie s'éloigner avec sa grosse pile de livres. Pensée cruelle, mais réaliste…

11h50

La cloche qui annonçait le déjeuner m'a extirpée d'un sommeil profond. J'ai sursauté en voyant Léonie, assise juste en face de moi, qui me regardait de beaucoup trop près!
- T'as dzormi tout l'avant-midi ichi, tu sais çha?
- Euh, on dirait, oui.
- T'as une grosse marque schur ta joue… Juste là.
- OK…
(Euh, est-ce qu'elle est en train de frotter ma joue en ce moment?)
- Bon, ben schalut, on sche reverra bientôt!

Je crois que je me suis contentée de sourire à Léonie. J'avoue qu'une partie de moi a eu envie, pendant une seconde et quart, de lui demander avec qui elle comptait manger son sandwich aux œufs ce midi (j'ai vu un sandwich aux œufs dépasser de son sac), mais je me suis ravisée en me rappelant qu'une fille qui porte un pull en laine XXL dans un pantalon en velours remonté au-dessus du nombril n'a pas DU TOUT compris les règles de base à appliquer quand on fréquente n'importe quel collège du monde!

3 RÈGLES DE BASE

POUR SURVIVRE DANS UN COLLÈGE :

(Et en passant, ces règles ne sont pas de moi, mais de Sophie, ma meilleure / ex-meilleure amie.)

1. **Ne JAMAIS être vue seule trop longtemps en public**, sauf si c'est par choix et qu'on affiche un air décontracté.

2. **Essayer d'être à la mode** ou, au moins, s'habiller de façon neutre.

3. **Toujours garder en tête cette idée de base :** les cools de l'école, oui ils sont souvent cons, mais vaut mieux les avoir avec soi que contre soi !

POUR RÉSUMER LA SITUATION

J'ai décidé de rester à la bibliothèque durant toute l'heure du déjeuner. Résultat ? Je n'ai rien avalé ce midi. Je crevais de faim, mon ventre faisait un bruit d'enfer, mais je mourais trop de peur à l'idée de devoir manger toute seule : oui parce que les cafétérias de toutes les écoles du monde sont des jungles.

Tu laisses tomber ton plateau et tout le monde te voit ?
PERSONNE ne viendra t'aider.

Tu es toute seule parce que ton père t'a larguée dans une ville inconnue et tu n'as pas d'amis ?
Eh bien, PERSONNE… ne viendra te tenir compagnie.

Tu comprends, journal, il fallait IMPÉRATIVEMENT que je trouve le moyen de respecter la règle de survie n° 1 dans un collège. Rester cachée dans le fond de la bibliothèque durant toute l'heure du déjeuner était ma meilleure, et seule, option.

Je vais m'arrêter là pour aujourd'hui.

Fanny xx

P.-S.

J'ai encore ignoré mon père quand j'ai entendu la sonnerie de Skype.
(Je sais, ça peut plus durer..)

Mercredi 31 août

Transparente.

Je suis cachée...

... dans les toilettes.

C'est mon troisième déjeuner aujourd'hui et je ne me suis pas encore fait un seul ami. Zéro. T'entends, journal? Mes pantalons sont OK pourtant!

JE SUIS UN SPÉCIMEN ÉTRANGE

ET NON IDENTIFIÉ DANS CETTE ÉCOLE.

ICI,
À SAINTE-LORETTE,

je
suis

transparente.

ici,

À SAINTE-LORETTE,

je

suis

transparente.

TON PROBLÈME

à toi,
Fanny Cloutier,
c'est que tu transformes
TOUT
en catastrophe.

Mercredi 31 août, soir

Gaffe.

Je viens de raccrocher avec mon père. J'avais plus du tout envie de faire semblant de dormir quand j'ai entendu la sonnerie de Skype ce soir. Mais je crois bien que j'ai fait une gaffe. Et puis non, disons les choses comme elles sont, j'ai tout ruiné. De toute façon, c'est juste ça que je sais faire, moi, depuis trois semaines.

Tu sais… La ligne a coupé deux cent mille fois ! (C'est vraiment loin, le Japon !) Et des gens avec des accents improbables sont venus nous déranger en anglais à tout instant. Et ça m'a énervée ! J'avais envie de leur crier en japonais *Vous l'avez pour vous tout seul maintenant, mon père ! Laissez-moi donc lui parler 33 secondes en paix !*

Mais la vérité, c'est que dès que j'ai entendu sa voix, j'ai compris un truc. Et ça m'a fait mal. Il avait juste dit *Salut, ma belle*, juste ça oui, *Salut, ma belle*.

Mais je savais.
Je savais que depuis qu'il est là-bas
au bout du bout du monde
avec ses méduses
ses rêves
ses nouveaux amis japonais
et tout le tralala
mon père est juste plus
...
heureux.

J'ai compris ça
et ça m'a coupé l'oxygène.
Ça m'a donné envie de briser le combiné en mille morceaux.

Alors quand il m'a demandé
Comment ça se passe, ma belle?
Rien n'est sorti.
Rien.

VIDE NÉANT
TROP-PLEIN DE RIEN.

- T'as déjà eu trois jours d'école, il s'est sûrement passé plein de trucs?
- ...
- *Tu me parles pas?* qu'il a dit.

ET J'AI
EXPLOSÉ.
COMME ÇA.
ET DE PARTOUT.

- Non! Non, je te parle pas! Mais qu'est-ce que t'espères? Tu sais, papa, t'as passé des années, DES ANNÉES, à me dire qu'on n'avait PAS de famille! Ben cette famille-là, ils sont personne pour moi! Je les DÉTESTE, OK? Tu sais avec qui j'ai mangé depuis trois jours? Ben avec personne!

Je pleurais.

Mais il était juste
pas question
qu'il s'en rende compte.

- Donne-toi une chance, c'était ton premier jour d'école, mon petit chaudron.
- Arrête de m'appeler comme ça.
- Je veux juste te dire que…
- Non, laisse-moi finir. Tu m'as répété des centaines de fois qu'on peut pas TOUT avoir dans la vie. Ben, c'est ça! Tu peux pas m'avoir moi ET PUIS avoir le Japon ET PUIS les méduses ET PUIS tes rêves de bébé lala. La vérité, c'est que j'ai pas envie de te parler et que je pense pas que ça va changer avant un bon bout de temps. Alors apprends donc le japonais et fais-toi des nouveaux amis! Tu vas en avoir besoin. Bye.

Et ça a été tout. J'ai raccroché le téléphone comme dans les films,

mais j'avais les doigts comme figés sur le combiné. Collés comme de la Super Glue séchée depuis 200 ans. Je crois que j'attendais que papa rappelle.

Mais il n'a
pas
rappelé.

Puis, Henri est passé à côté de moi et a sifflé comme un gros con débile, genre *Ouaiiiis, tu lui parles, à ton père.*

Je sais que papa va finir par rappeler. J'ignore combien de temps ça va lui prendre, mais je le sais. C'est juste que j'ai le cœur en boule à cause de tout ça. Je suis trop orgueilleuse ? Oui ! Peut-être…

Mais il faudrait que je m'excuse de quoi, au juste ? D'être fâchée d'avoir été abandonnée ?

JAMAIS.

Septembre

MAUVAIS KARMA.

Jeudi 1er septembre

Mme Lizière ne m'a pas renvoyée de sa classe aujourd'hui, alors heureusement, j'ai pu assister au cours de géo. Mais quand la cloche annonçant le déjeuner a sonné, sans savoir pourquoi ni pouvoir faire autrement, je me suis levée de ma chaise comme un président qui se serait fait annoncer la Troisième Guerre mondiale et je suis partie cent fois plus vite que les autres. VLAN !

Puis, c'est là que j'ai eu la plus mauvaise idée de la terre, sortir pour manger mon lunch (mon but : éviter la cafétéria). J'aurais dû y penser. Il fait chaud, tout le monde allait avoir la même idée que moi ! Résultat ? Tous les élèves du collège étaient là, au soleil. Oui. L'équipe de football au grand complet (seize gars enveloppés dans beaucoup trop de muscles, affalés sur les marches avec des sodas) + un groupe de filles assises dans l'herbe en train d'écouter du Christophe Maé et de fumer quelque chose en cachette + deux gars en train de faire du troc avec des cartes de Pokémon (ça existe encore, ça ?).

Alors, pour éviter qu'on ne me remarque, j'ai pensé que la meilleure idée était sans doute que je m'éloigne du périmètre de l'école (éviter de m'asseoir seule). Je me suis donc mise à marcher. J'ai calculé : mon sandwich et moi, on a parcouru l'équivalent de 1,3 km ce midi ! Je me sentais vraiment ridicule, pour dire la vérité, à errer dans les rues sans intérêt de Sainte-Lorette.

Franchement !
J'aurais jamais pensé en arriver
LÀ
dans ma vie.

Je ne voulais pas me perdre et risquer d'arriver une fois de plus en retard à mon cours (manquerait plus que ça !), alors j'ai décidé de rentrer. Je ne savais pas où aller et c'est comme ça que je me suis encore retrouvée dans les toilettes jaunes et déprimantes de l'école.

Je me suis donc assise dans la cabine du fond (pas comme si j'avais 1000 autres options) et j'ai dessiné pendant dix minutes dans mon livre de géo – Mme Lizière va encore m'engueuler. J'ai essayé de lire un chapitre à propos des explorateurs du 15e siècle ou quelque chose du genre, mais j'ai pas réussi à cause de ma tête qui refuse de se concentrer sur quoi que ce soit. Étrange. Les informations ces jours-ci sont captées par mes yeux mais n'arrivent pas à se frayer un chemin jusqu'à mon cerveau.

C'est là que j'ai entendu du bruit.
Quelqu'un venait d'entrer dans la cabine juste à côté de celle où je me trouvais ! La « fille » (je me disais : c'est une fille, c'est certain !) a sorti un truc de son sac. Là, j'ai pensé : quoi ? Une autre étudiante vient lire dans les toilettes, juste à côté de moi ?! Miracle. Je ne suis pas la seule élève pathétique de cette maudite école.

- Tchu lis quoi, toi ?

Ah non…
Pas Léoniiiiiiiiie…

J'ai essayé de retenir ma respiration de toutes mes forces. Comme ça, elle ne saurait pas que j'étais là. Mais trop tard. Rien à faire, *miss appareil dentaire* m'avait entendue.

- Jze schais que t'es là, jze t'ai vue entrer tout à l'heure. T'as pas à être gênée, jze reste ici tous les midis, moi auschi. Tchu fais quoi ?
- Je lis… un livre de géo.
- Ah ? Jze penschais que t'étais exemptée du cours, tchoi aussi ?
- Non… en fait je venais d'être mise à la porte hier, quand on s'est vues.
- Ohhhhhhhhhh.
- Rien de grave ! C'est ma prof qui est folle, tout le monde le dit.
- Tchu veux-tchu sortir ?
- Euh. OK…

J'ai ouvert le loquet de la toilette avec une étrange précaution et suis sortie de la cabine.

Je dois l'avouer.

J'étais soulagée.

Soulagée d'avoir enfin quelqu'un à qui parler. Oui, Léonie fait un bruit un peu dégoûtant avec sa bouche quand elle parle, oui, elle porte ses pantalons beaucoup trop haut. Mais la vérité, c'est qu'elle est la seule personne de mon âge qui m'a accordé un peu d'attention depuis que je suis arrivée à Sainte-Lorette.

Léonie est aussi la seule personne qui m'a invitée chez elle. (Un peu trop spontanément. Purée.)

- La cloche va schoner. Mais schi tu veux, tu pourrais venir chez moi manger après l'école demain. J'ch'invite jamais personne et ma mère fait la meilleure schauce à shpag de la terre.
- Euh... ben oui, OK, pourquoi pas. Mais c'est mon père qui fait la meilleure sauce à spag, en vérité...
(rires)
- Schuperrrr.
- Bon ben... la cloche va sonner, comme t'as dit, hein!

LÉONIE RESTAIT LÀ, IMMOBILE.
J'ATTENDAIS QU'ELLE BOUGE, QU'ELLE FASSE N'IMPORTE QUOI!

MAIS ELLE RESTAIT LÀ,
À ME DÉVISAGER AVEC SES GRANDS YEUX.

- Tchu veux que je sorte avant toi... hein?
- Ben, si tu veux, oui, je vais me laver les mains, moi.
- Je shuis pas schtupide, Fanny, tchu veux pas que tout le monde nous voie ensemble, ch'est tout.

Léonie porte peut-être ses pantalons au-dessus du nombril, mais elle est loin d'être idiote. Purée, Fanny! Tu t'es fait UNE seule amie et tu as réussi à la perdre en 2 minutes et demie.

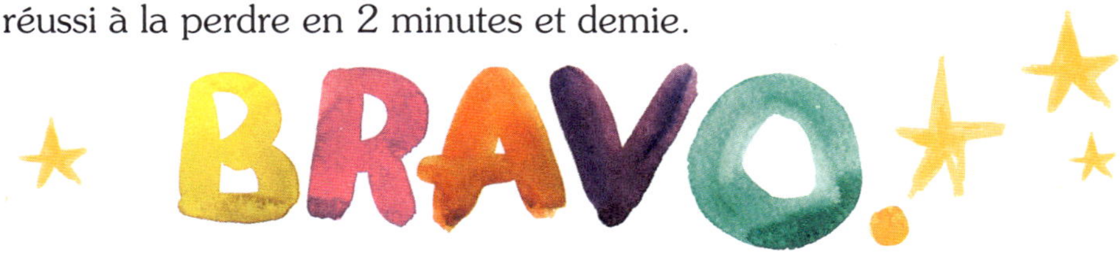

- Tchu sais quoi, laische donc tomber pour demain. J'ai plus vraiment envie de t'inviter en fait.

Léonie a baissé les yeux au sol. Elle s'est retournée et a lentement quitté les toilettes. La porte s'est refermée derrière elle et j'ai alors senti, au-delà d'une sorte de force et de fierté dans son regard, quelque chose comme de la tristesse. Au moment où je me disais ***Go, répare les choses, Fanny!***, j'ai entendu quelque chose vibrer dans mon sac (oublié à côté de la toilette!). J'ai tout de suite reconnu le bruit de mon téléphone!

UN TEXTOOOOOOOOO! J'AI REÇU UN TEXTOOOOOOOO!

Là, excès de joie = catastrophe.
Je me suis précipitée dans la cabine
et j'ai sorti mon téléphone tellement vite de mon sac
qu'il est tombé AU-FOND-DE-LA-CUVETTE.

Nooooooooooooooon!!!!!!!!!!!!
SVP, tout mais pas ça!

Je l'admets, j'ai été conne avec Léonie, mais
je-ne-méritais-absolument-pas-ça!!!!

Fanny, reste calme, que je me suis dit. Trouve une solution, et vite. Et puis, merde, t'as pas le choix. Respire un bon coup, ferme les yeux et enfonce ta main dans le fond de la cuvette (là où toutes les filles de l'école sont allées depuis 1982!).

BERKKKKKKKKK-E!

C'était fait. En moins d'une seconde, je l'avais récupéré. Mon portable était en sécurité au creux de ma main et sans doute recouvert d'un milliard de bactéries. Je crois bien que mon cœur a cessé de battre quand j'ai lu ceci, sur l'écran.

VOUS AVEZ UN MESSAGE
DE : SOPHIE

Sophie ! Tu ne m'as pas complètement oubliée !
J'ai une amie dans le monde !

Merci la vie.
Merci la vie.

J'ai appuyé compulsivement sur l'écran de mon téléphone en espérant voir le message apparaître, mais… rien à faire. L'eau avait déjà eu le temps de sérieusement endommager (voire anéantir) toutes les fonctions de mon portable.

Note à moi-même :

J'ai déjà lu que toutes les choses que l'on fait de mal dans la vie affectent notre karma. C'est une sorte de loi non écrite. Tu fais du mal à quelqu'un ? Il t'arrivera un truc désagréable dans un avenir plus ou moins proche.

Eh bien, je n'ai qu'une chose à dire :

KARMA : TU AS ÉTÉ PLUS QU'EFFICACE AUJOURD'HUI.

J'ai été méchante avec Léonie et 30 secondes plus tard, tu me l'as rendu au centuple.

Journal… penses-tu que les choses vont continuer à empirer ? C'est juste que j'aimerais… ben disons… arrêter de gaffer et puis juste être moins cruche. Et moins… toute seule. André avait raison, finalement. Je suis en train de faire le vide autour de moi.

Salut journal, à ++.
Fanny xx

Vendredi 2 septembre

Mets-le dans du riz.

- Mets-le dans du riz.

Monsieur-les-lunettes m'adresse la parole maintenant ? que je me suis dit, en entendant la voix d'Henri. Il revenait tout juste de l'école. Moi, j'étais déjà assise à la table de la cuisine depuis dix minutes et je mangeais des branches de céleri trempées dans du Cheez Whiz (c'est assez réconfortant comme collation). Une journée de plus d'école s'était écoulée, mais aucun ami à l'horizon, aucune fonction de mon téléphone rétablie, aucun appel de papa. Disons que même une double ration de Cheez Whiz n'a rien pu pour moi.

- J'ai rien à te dire, à toi.
- OK…
Henri s'est servi dans mes céleris (arrgggg) et s'est éloigné avec MA collation vers le frigo.
- Euh, qu'est-ce que t'as dit à propos du riz ?
- J'ai dit, mets-le dans du riz ! Ton téléphone.
- Ah bon ?
- Oui, l'eau va s'évaporer, et peut-être qu'il va se remettre à marcher.
- C'est vrai ? Ben… merci pour le truc. Je vais essayer.

Henri s'est retourné vers moi.
(Comme un gros dégueu, il mangeait du yogourt 9 % au citron, à même le pot.)

- Je peux te demander un truc, Fanny ?
- Hé, j'ai rien dit à propos de ton yogourt 9 %, pas d'embrouille.

- Mais non, je me demandais juste… Tu manges où, à l'école ? En quatre jours, je t'ai pas vue une fois !

J'ai regardé Henri, suspicieuse. J'allais quand même pas lui donner une seule raison de se moquer de moi !

- Quoi, tu m'as cherchée ?
- Euh, pas vraiment, non. En fait, je me disais que tu faisais peut-être comme Léonie Gingras, la fille qui mange dans les toilettes depuis la sixième !
- Je sais pas de qui tu parles et NON, je déjeune pas dans les toilettes ! Pfff.
- OK… Ne le prends pas comme ça, j'ai rien contre Léonie… Elle fait mes devoirs et c'est bien pratique !
- Quoi ? Léonie fait tes devoirs ?!
- Ben oui, tu verras, elle fait souvent ça. Elle s'installe en plein milieu de la cafétéria et elle passe le déjeuner à recopier les devoirs des gars de l'équipe de football. Et des fois, les miens… C'est vraiment bizarre, mais elle dit qu'elle aime ça et que ça « excherche schon écritchure ».
- Hé, tu l'imites vraiment mal soit dit en passant, et c'est vraiment… dégueu ce que vous lui faites !
- Ah, tu t'es trahie ! Tu la connais ! J'en étais sûr !

Pffff. Henri-les-lunettes a sans doute une sorte de *don* pour avoir le dernier mot, mais c'est sûrement pas grâce à un Q.I. très élevé !

P.-S.
Henri est con, pas de doute là-dessus, mais j'espère que son truc du riz va fonctionner !

JE

DANS LES TOILETTES

DEPUIS

MANGE

TOUTE SEULE

2 SEMAINES

ET PUIS C'EST TOUT.

Vendredi 16 septembre

Pathétique.

Je continue de manger toute seule dans les toilettes, journal. Peux-tu croire ça ?
(Mais ça va changer, promis. Je vais me prendre en main.)

Je me trouve tellement pathétique. Et la vérité, journal, sais-tu c'est quoi ? C'est que je suis tellement toute seule, ici.

Et le midi, ça devient pire que pire que pire.
Tout mon univers se réduit à mon
ingrate solitude et...
à moi.

Dans ma cabine, avec ma boîte à lunch sur les genoux, je me suis même surprise ces derniers jours à espérer de TOUT MON CŒUR que Léonie apparaisse pour me parler de n'importe quoi.

Pour juste, parler.

MAIS LÉONIE NE VIENT JAMAIS.

Samedi 17 septembre

Miracle.

Je sais que je n'ai pas écrit beaucoup ces derniers jours, journal, mais je vais me reprendre à partir de maintenant, promis !

ÇA VA FAIRE DU BIEN.
JE ME LANCE !

Première bonne nouvelle depuis un quart de siècle (miracle) : après avoir passé dix jours dans un gros bol de riz, mon téléphone s'est remis à fonctionner. Merci à Henri-les-lunettes qui, comme tous les cons, ne peut pas être con à 100 %.

(Pardon, mon **karma**.
J'ai rien dit, OK ?)

Mon téléphone est donc bel et bien ressuscité et il a choisi le meilleur moment pour le faire. Quand je l'ai entendu vibrer – samedi soir vers 19 h 30 –, j'avais vraiment le moral au plus bas. Je dois dire, tout d'abord, que la relation entre Mme Lizière et moi ne s'est pas du tout améliorée. Pourtant, si on oublie le fait que j'ai mangé du chewing-gum pendant son cours et que j'ai dessiné un oiseau sur mon pupitre, j'ai été une élève exemplaire.

Mais j'ai compris que je ne pouvais pas changer ma nouvelle *réputation* et qu'il valait mieux éviter l'acharnement. Madame Lizière est le genre de prof qui sépare ses élèves en trois catégories dès la première journée d'école.

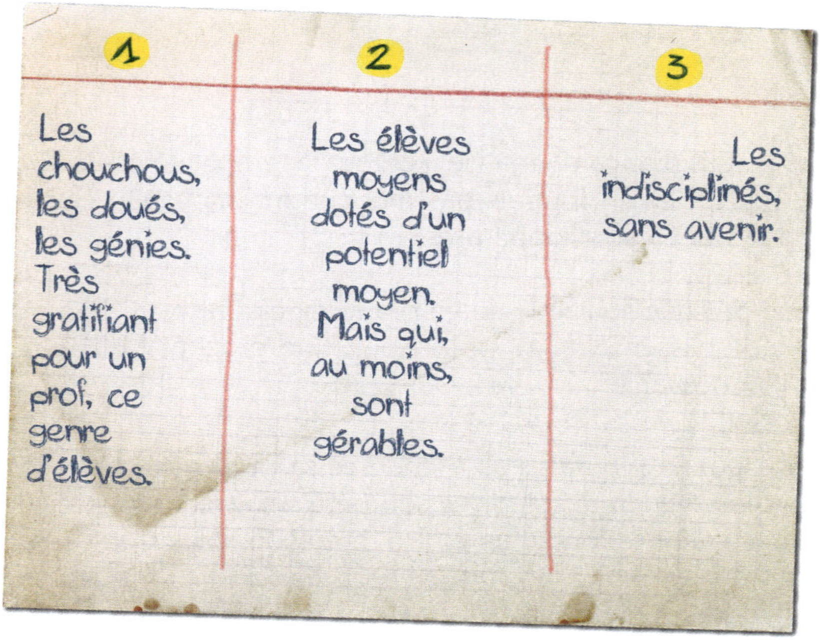

1	2	3
Les chouchous, les doués, les génies. Très gratifiant pour un prof, ce genre d'élèves.	Les élèves moyens dotés d'un potentiel moyen. Mais qui, au moins, sont gérables.	Les indisciplinés, sans avenir.

Disons simplement que parvenir à passer d'une catégorie à l'autre, durant une même année scolaire, relève de l'exploit. L'élève qui appartient à la 1re classe possède ce que j'appelle «l'immunité». Il peut donc faire toutes les bêtises du monde (échouer à un examen, arriver en retard), il ne sera JAMAIS relégué à la 3e catégorie. Idem pour l'élève de la 3e catégorie. Il aura beau être parfait, faire grimper à 93% sa moyenne générale, il restera un élève de troisième catégorie.

UN POINT C'EST TOUT

Eh bien, pour Mme Lizière, c'est clair, j'appartiens à la 3e catégorie! Notre relation a bel et bien commencé sur des chapeaux de roue (euh, c'est quoi un chapeau de roue, en passant?) et je ne sais pas où tout cela va me mener, «scolairement parlant».

BOF.

Je pensais jamais dire ça de ma vie (j'ai tout le temps été assez bonne, à l'école), mais je m'en foutrais pas mal que ma moyenne chute. Je n'en suis pas à une catastrophe près !

J'étais donc presque soulagée de voir le week-end arriver, même si la perspective de passer DEUX JOURS ENTIERS à proximité d'Henri me paraissait inconcevable.

J'ai compris que je n'aurais pas à endurer sa présence quand je l'ai aperçu au salon, vendredi soir, avec son père. Ils avaient tous les deux la tête plongée dans le fond d'un coffre rempli de bidules de pêche.

Quand j'ai vu Henri quitter la pièce avec, sur son dos, deux vestes de sauvetage orange fluo, j'en ai profité pour enquêter.

- Vous vous en allez où comme ça, avec vos cannes à pêche et vos vestes des années 80 ?
- On s'en va pêcher la truite, entre hommes ! qu'André m'a dit.
Je me suis arrêtée net devant lui.
- Je pensais pas qu'en 2016 on faisait encore ce genre de discrimination là ! « Entre hommes » ! Pfff…
- Mais non, Fanny. C'est juste que c'est notre moment à nous deux, à Henri et moi, chaque année. Une tradition, disons.
- Ouais. Et vous partez combien de temps ?
- On revient lundi après-midi.
- Hein !… Henri va rater l'école ?
- Ben oui, c'est ça la tradition…

J'avoue que, sur le coup, j'ai pensé…

POUR UNE FOIS,
IL SE PASSE QUELQUE CHOSE D'UN PEU EXCITANT À SAINTE-LORETTE,

ET J'EN FAIS MÊME PAS PARTIE

C'EST VRAIMENT NUL.

La déception était sans doute lisible sur mon visage parce qu'André a retiré ses mains de son fouillis sans fond et s'est approché de moi.
- Tu sais, j'ai habité longtemps tout seul avec Henri. Un peu comme toi et ton père, dans le fond. En fait, c'est pas parce que t'es une fille qu'on t'a pas invitée à la pêche, c'est parce que je pense que ça lui manque, à Henri, qu'on soit juste nous deux.
J'ai jeté un regard à André. J'étais pas du tout certaine de comprendre.
- Mais Lorette, pourquoi elle habitait pas avec vous deux avant ? Je comprends pas.
- Ben, Lorette… c'est pas la vraie mère d'Henri… Je pensais que ton père t'avait dit tout ça ?
- Non. Entre la vérité et ce que mon père raconte des fois… Y a comme le Grand Canyon.

André s'est levé (un peu beaucoup soudainement).
- Bon. Je vais laisser Henri te raconter tout ça si ça lui tente, OK ?
Je l'ai vu s'éloigner vers la cuisine en faisant mine de compter le nombre d'hameçons qu'il avait dans les mains.
- 1, 2, 3, 4. 5…

Henri s'est alors avancé en plein cœur du salon avec sa canne à pêche mille fois trop grande pour lui.

- T'inquiète pas, Fanny ! On va te ramener de la perche ! Toi, garde-nous des plats Tupperware pour mettre nos restes de poisson au congélateur !

Henri affichait un drôle d'air satisfait et je ne comprenais pas pourquoi il me parlait de plats Tupperware.
- Ohhhhh, t'as pas l'air au courant, toi. Tu vas avoir une méchante belle surprise ! C'est la fête annuelle Tupperware de ma mère ce soir ! Chanceuuuuse !
- OK, c'est SUPER, Henri. Au lieu de perdre ta salive à me dire n'importe quoi, raconte-moi donc pourquoi t'appelles Lorette « ta mère », si elle est pas ta mère, hein ?

Oups.

J'avoue qu'elle est sortie toute seule, celle-là.

J'y suis allée un peu fort,
je sais.

- C'est qui qui t'a dit ça ? Ça te regarde pas.
- Non, ça me regarde pas ? C'est drôle hein… Pour une fois, t'arrives pas à avoir le dernier mot.
- Mêle-toi donc de tes fichues affaires, Fanny Cloutier !

Henri a fait voler sa canne à pêche jusque sur le grand tapis orange brûlé du salon et s'est éloigné en frottant ses lunettes dans son pull. J'ai alors compris que j'avais eu raison de lui. Oui. Pour la première fois depuis mon arrivée à Sainte-Lorette, j'ai eu le dernier mot avec Henri-les-lunettes.

Cette histoire de « mère-pas-mère »
est très louche,
soit dit en passant.

Peut-être que tu te dis que je suis cruelle, journal, mais tu sais quoi ?

MOI, J'AI MÊME PAS DE MÈRE DE REMPLACEMENT.

ET J'AI UN PÈRE QUI SE PREND POUR UN JAPONAIS...

Et moi, je vis bien avec ça. Henri n'a aucune raison valable d'être triste, je trouve.

P.-S.

Henri et André sont donc partis à la pêche hier, mais tout ce qui suit est beaucoup plus important qu'eux. (Même s'il avait raison sur un point, Henri. Ce soir, je me suis bel et bien retrouvée coincée de force à la «Fête annuelle Tupperware» avec huit femmes complètement fascinées par des… bols en plastique (??????).

LA FÊTE ANNUELLE DES TUPPERWARE!

Définition (ou ce que j'ai compris de l'affaire):

UNE MADAME QUI CONDUIT UNE MERCEDES BLANCHE
PASSE UNE SOIRÉE ENTIÈRE
À CONVAINCRE UNE BANDE DE FEMMES
BEAUCOUP TROP EXCITÉES D'ÊTRE LÀ

QUE + ELLES SE PROCURERONT DE PLATS
MULTICOLORES ET TRÈS CHERS ET GARANTIS POUR TOUJOURS
+ ELLES SERONT HEUREUSES DANS LA VIE.

- Hooo. Celui-là est rouge, c'est pas moche du tout! Mais j'aime mieux le p'tit jaune, là. C'est spécial comme couleur, mais pour mettre les restes de sauce, ça va être parfait!
- Ah oui, Monique, ça fait des miracles ces plats-là pour la sauce, les vinaigrettes aussi! Tu vas pouvoir conserver tout ça deux fois plus longtemps!

ET PA-TA-TI. ET PA-TA-TA. ET PA-TA-TI. ET PA-TA-TA. ET PA-TA-TI. ET

Comment c'est possible que des gens puissent être RÉELLEMENT fascinés par des variantes plus ou moins différentes de bols en plastique ? Et surtout, qui a osé appeler ce genre de soirée… une FÊTE ?

Alors que j'étais sérieusement en train de me dire…

Si c'est ÇA, devenir adulte,
je préfère aller me perdre sur une île comme Crusoé
et manger de la luzerne en dessous d'un arbre
pour le reste de ma vie!!

… j'ai senti, dans la poche arrière de mon jeans, mon téléphone vibrer !

C'est LÀ que les choses importantes commence : je me suis éclipsée en douce du cercle infernal des *femmes-Tupperware* et me suis réfugiée dans ma chambre pour lire mes messages.

12 MESSAGES.
26 APPELS MANQUÉS!!!!!

Sophie

Fanny?!! T'es où?
À l'école le directeur a raconté une histoire incroyable
à propos de ton père qui serait parti
en Asie??????

J'ai découvert douze messages du genre (tous de Sophie) et me suis empressée de lui répondre !

Moi

Ah, Sophie!! Je suis tellement contente!!
Je pensais que tu m'en voulais encore à cause de l'histoire des chaussures Nike.
J'ai mille choses à te dire!
Mon téléphone est tombé dans les toilettes!
Là, je l'ai mis dans du riz!
Et il vient JUSTE de recommencer à marcher.

Sophie

Euh, sérieux, on s'en fout des Nike!!
Oui, je sais, ça marche le truc du riz.
Tant mieux, on va pouvoir se parler!!!!
T'es Où???

Moi

À Sainte-Lorette.

Sophie

OMG???
C'est où ça?

Moi

À deux heures de Montréal.
J'habite chez un type qui passe son temps à se moquer de moi et je me suis fait aucun ami :(.
Sauf UNE fille qui m'a invitée à manger chez elle et qui a changé d'avis après deux secondes.
Elle fait les devoirs de tout le monde le midi et elle aurait besoin d'un coup de main de toi pour son style...

ENVOYER.

Alors que je m'apprêtais à appuyer sur «Envoyer votre message», quelque chose d'étrange m'a empêchée de le faire. **La fierté, oui.**

Même si, habituellement, je dis tout, oui absolument tout, à Sophie, cette fois c'était au-dessus de mes forces. Avouer à ma meilleure amie – celle qui, à ma place, serait parvenue en moins de trois jours à décrocher le titre de *reine de l'école* – que j'avais échoué sur toute la ligne me paraissait IMPOSSIBLE. Alors, au lieu de me vider le cœur, au lieu d'être transparente et de pleurer ma vie virtuellement, voici tout ce que j'ai trouvé à envoyer comme texto à Sophie.

Moi

Sainte-Lorette, c'est à deux heures de Montréal.
Un genre de grand village super cool. J'habite chez un gars vraiment beau.
C'est mon cousin, mais pas vraiment parce que sa mère est pas sa vraie mère,
un peu compliqué mais il est cool avec moi
et je me suis fait plein d'amis
et mon père est en train de devenir célèbre au Japon, c'est fou!

Voici la réponse de Sophie… (Mais à quoi tu t'attendais, Fanny, sérieusement) :

Sophie

Ouais.
T'as l'air de bien te plaire là-bas.

Fanny

:)

Sophie

OK.
Ici aussi ça va bien.
J'ai Marc Aussant comme prof de français.
Il va emmener les élèves de la troupe de théâtre en France au printemps.

Je me suis inscrite aux auditions.
En tout cas,
t'as l'air de vivre des choses bien plus excitantes de ton côté,

Je cherchais quoi ajouter, J'ÉCRIVAIS / J'EFFAÇAIS. J'ÉCRIVAIS / J'EFFAÇAIS.
«Wow, Paris!!! Des auditions?! Je peux peut-être les faire à distance, tu penses pas?!»
«OK, je t'ai menti, Sophie. C'est la catastrophe ici… faut que tu me dises ce que tu ferais à ma place. Je veux revenir à Montréal.»

Mais VOILÀ ce que j'ai réellement écrit.

Moi

Cool, mais t'étais pas déjà allée à Paris?

Sophie

Non. Italie.
Et ça fait 8 ans, je me souviens juste d'une grande tour penchée qu'on avait vue à Rome.

Moi

C'est la tour de Pise dont tu parles.
Et c'est pas à Rome, c'est en Toscane, à Pise, exactement.

Sophie

Sérieux, comment tu te la pètes, madame la 1re de classe en géo.
;)

Moi

Ouais. Pardon, t'as raison :)
Mais tu sais, y a eu plein d'attentats à Paris, faut que tu le saches. Tu feras attention, hein!
Faut que j'y aille moi.

Sophie

Sérieux? C'est tout ce que tu trouves à dire?
Tu me fais un cours de géo et puis tu gâches tout mon plaisir de PEUT-ÊTRE
aller à Paris.
Un peu moyen ton histoire, Fanny.

Sophie avait raison, et la vérité, c'est que je le savais. Alors je suis bêtement restée figée là, paralysée par ma jalousie, mon mensonge, ma peine. Sophie s'est impatientée – je ne la voyais pas, mais paraît qu'on sait qu'on connaît bien quelqu'un quand on arrive à lire ses émotions, même à travers un texto.

Sophie

Allooooooooo.
T'es trop occupée avec ta nouvelle vie ou ton téléphone est encore mort?

Moi

Non, pardon,
Lorette me parlait.
Elle fait une grosse fête juste à côté,
ça fait pas mal de bruit.

Sophie

Lorette de Sainet-Lorette.
C'est marrant ça, je trouve.
OK. Peut-être à plus tard. C'est pas
tout ça, mais j'ai des devoirs à faire.
Bye x

Moi

Elle est vraiment cool
même si elle a un nom de mémère.
OK.
Bons devoirs.

Sophie

???
Bons devoirs?

Moi

Ah non.
Juste salut.

Sophie a dit «peut-être à plus tard».
Juste peut-être.

Pour la première fois depuis la dispute entre mon père et moi, j'ai envie de lui parler. Je suis encore très fâchée contre lui, mais j'aurais quand même envie d'être avec lui, là, maintenant.

Mais il est 5h du matin au Japon en ce moment.

Je vais l'appeler demain.

Salut.
Fanny xx

JE VOULAIS JUSTE ÊTRE LÀ, AVEC LUI.

Lundi 19 septembre

Le vent tourne ?

Je viens de rentrer de l'école.
Et je suis fière de moi.
Fière, oui.

Ce midi, j'ai fait quelque chose d'absolument fou,
voire de socialement suicidaire,
mais JE-L'AI-FAIT !

Et je suis fière de moi!!!

11 h 50 tapantes.
J'avais pris la ferme décision d'affronter ma plus grande peur, c'est-à-dire, manger seule à la cafétéria. Une soupe, point final. Le supplice serait de courte durée. C'est donc thermos dans une main, crayon et journal dans l'autre – question de me donner une contenance – et écouteurs avec musique au maximum (*Miami* d'Ariane Moffatt) que j'ai investi la cafétéria.

En théorie
On n'a qu'une vie
La la la la la...

Je marchais au rythme de la musique – sans doute mille fois trop vite, donc – quand j'ai aperçu un attroupement d'élèves (10 environ) à l'une des tables de la cafétéria. Je ne sais pas si c'est Ariane qui chantait dans mes oreilles (ou bien juste le destin), mais j'ai décidé de m'approcher pour voir ce qui pouvait bien retenir leur attention.

J'ai alors entendu les voix de deux gars (qui avaient sans doute plus de boutons sur le visage que de neurones dans le cerveau), qui se disputaient.

- *Page 48, juste ici. Tiens, fais donc aussi la 49.*
- *Hé, t'es pas tout seul, l'gros! J'ai anglais, là tout de suite, et j'ai besoin de mon devoir.*
- *Hé, du calme, c'est à mon tour là. Hein, Léo, c'est à mon tour?*

LÉO?

J'ai jeté un oeil au coeur de l'attroupement.
C'est là que je l'ai vue.
Léonie, bien sûr.

Elle était assise en tailleur, à même la table de la cafétéria et, sans l'ombre d'une parcelle de fierté, elle recopiait une pile de devoirs sous le regard condescendant d'une bande de *pseudo-joueurs* de football attardés. Pauvre, pauvre Léonie, que je me suis dit, en m'éloignant de la triste scène.

Mais, après avoir fait une dizaine de pas vers le fond de la cafétéria, je me suis retournée comme si ma vie entière en dépendait et me suis précipitée violemment vers la bande de gars et leurs gros tas de muscles, en me criant intérieurement quelque chose comme…

NON… NON et

N-O-N!

- *Hé, vous autres!* que j'ai dit, comme ça, sans réfléchir une seule seconde.

J'avais retiré mes écouteurs (ils pendaient dans mon cou et ça me donnait un air décontracté, je trouve).

Oups.

J'avais parlé assez fort pour qu'une bonne partie des élèves se retournent vers moi. On aurait pu entendre une mouche voler (vraiment comme l'expression le dit). Je crois même que j'ai vu un garçon, assis tout seul avec son bol de riz, essayer de me dissuader de faire ce qu'il croyait que je m'apprêtais à faire en hochant la tête comme ça (euh, de gauche à droite). Mais le mal était fait!

Il fallait impérativement
que je trouve quelque chose de brillant à ajouter,
et vite!

FACE DE PIZZA Nº 1 (se retournant vers moi au ralenti): *Quoi?*

Moi: Dans 10 ans, quand Léonie aura trouvé un travail super cool et qu'elle s'habillera chic pour aller faire de grandes choses dans une grande tour d'une grande ville, toi… ben toi pendant ce temps-là, tu auras un job carrément nul que t'aimeras même pas et puis… Tu sais quoi? T'auras pas un dollar si bien que le week-end, tu resteras chez toi à rien faire sans personne comme un gros… un gros rien du tout! Et «Léo», comme tu dis, ben elle, elle va faire… euh… du ski!

(Wow, je jure que c'est sorti comme ça exactement. Justin Trudeau devrait m'engager pour ses discours!)

Pourquoi j'ai ajouté cette dernière phrase à propos du ski?

Purée, mon discours était parfait sinon!
Je voulais une image forte, qui frappe.

Bon, pas grave, oublions cet écart de répartie pour l'instant.
Rien n'est parfait dans la vie… Papa me le dit tout le temps.

FACE DE PIZZA N° 2 : T'es QUI, toi?

Moi : Fanny Cloutier. Et je serai pas ici longtemps, donc pas la peine de retenir mon nom!

Tommy, alias FACE DE PIZZA N° 1 : Ah, OK, c'est TOI la fille de Montréal qui habite chez Henri.

Moi : Ouais, et alors?

(Wow, je jure que c'est sorti Henri leur a vraiment dit qu'il me trouve mignonne?)

FACE DE PIZZA N° 2 : Henri nous a dit que t'étais mignonne, mais il a oublié de nous dire que les filles de Montréal sont frustrées ainsi.

Moi : C'est pas parce que je sais me tenir debout que je suis une frustrée.

Tommy, alias FACE DE PIZZA N° 1 : Lâche-la, Marco… On peut pas en vouloir à une fille qui a pas eu de mère de pas savoir se comporter comme une fille.

Le CON.

Je suis passée à 2 doigts
de faire éclater mon berlingot de lait
sur sa belle veste en jean trop cool.

Mais je me suis retenue.
Ma mère aurait été fière de moi.
Fallait que je sois la plus forte des deux.

Moi : Espèce de con. Espèce de sexiste attardé. Viens, Léonie. On va aller manger dehors.

Léonie semblait hésitante et je ne voulais pas qu'elle brise mon élan, comme on dit !

Moi (insistante) : Léonie… ?

Vrai : c'était le déluge.

Léonie : T'es sûre ? Il pleut vraiment beaucoup dehors…

Moi : Ouais. T'as raison. Et puis pourquoi ce serait à NOUS de partir ? Poussez vos livres pour qu'on puisse manger !

(Je peux pas CROIRE que j'ai eu autant d'assurance !)

FACE DE PIZZA N° 1 a marmonné un truc inaudible et sans importance. Les gars se sont poussés pour nous faire une place, mais ils sont quand même restés là, à nous dévisager durant tout le reste du déjeuner. Mais tu sais quoi, journal ? Je m'en foutais.

P.-S.

J'ai lu dans mon livre d'histoire du 20e siècle que certaines des plus grandes guerres du monde ont été provoquées par des événements plutôt anecdotiques. Exemple : la Première Guerre mondiale aurait été déclenchée par l'assassinat de François-Ferdinand d'Autriche le 28 juin 1914. Euh, c'est QUI lui ??? Ben voilà.

Je parle de ça parce que je le pense vraiment. J'ai déclenché une guerre, ce midi, au collège de Sainte-Lorette.

** FANNY
VS GROS TAS DE MUSCLES **

Mais qui dit guerre dit : ALLIÉS.

Et, à en croire les yeux de Léonie, qui me regardait comme si je l'avais sauvée d'un genre de mort certaine, j'ai compris que j'avais une alliée à vie pour toutes les guerres (mondiales ou pas) à venir.

En attendant le prochain conflit, Léonie m'a réinvitée à souper chez elle mercredi soir !
J'ai… une amie :))))))).
OUAIIIIIIIIIIIIIIIIS.

J'ai mal à la main.
À plus tard !
Fanny xx

BATAILLE!!!

Lundi 19 septembre
(suite)

Toc-Toc-Toc.

Je ne m'attendais pas à réécrire ce soir, mais à 17 h 24, Lorette est venue frapper à ma porte.

- C'est ton père au téléphone. Je lui dis encore que t'es occupée, j'imagine?

J'ai lancé mon Bescherelle par terre et me suis extirpée de mon lit en vitesse!

- Noooooon, c'est bon, Lorette! Je vais lui parler, ne lui dis pas de raccrocher! J'arriiiiiiiive!

Je marchais vers la cuisine en me disant que j'allais tout raconter à papa à propos de la guerre que j'avais déclenchée aujourd'hui à la cafétéria.

MAIS LE JAPON EST ENCORE VENU TOUT GÂCHER.

- Papa!
- Salut, ma belle. Je suis content que tu répondes! Enfin!
- Moi aussi. Même si je veux que tu saches que… je suis encore fâchée. C'est juste que j'ai envie de te parler quand même. Juste un petit peu.
- Je sais. Mais je suis content d'entendre ta voix. Ça va, mon petit chaudron?
- Ben justement, je veux te raconter, j'ai défendu une fille à l'école devant toute une équipe de football! Et j'ai vraiment pas réfléchi à ce qui allait se passer après…

LA VERITE
sur ma mère.

LA VÉRITÉ SUR MA MÈRE

Le Fortier de mon nom a disparu en même temps que ma mère, le jour où elle est montée sur un voilier qui a refusé de la ramener à bon port. J'avais 3 ans quand c'est arrivé et exactement cet âge-là quand j'ai compris qu'il existe dans la vie deux types de voiliers.

Les voiliers qui voguent
et
les voiliers qui coulent.

Disons simplement que, sans le savoir,
ma mère est montée à bord d'un voilier du deuxième type.

Elle avait décidé de partir seule ce jour-là parce que *le soleil était beau et doux et que l'été tirait à sa fin alors il fallait en profiter,* mais ne savait pas qu'il y avait un trou dans la coque de son voilier, une fissure minuscule de la taille d'un pois. Et puis, c'est arrivé. Sans que personne y puisse rien, c'est arrivé.

Tout a coulé et puis c'est tout. Ma mère n'a pas été capable de nager jusqu'à la rive quand le bateau a sombré. Elle était seule, toute seule au monde, alors elle a sombré elle aussi, emportant avec elle notre famille et… une bonne partie de mon enfance.

Quand j'essaie de me souvenir, même du plus anodin des détails, toutes les scènes s'embrouillent dans ma tête. Il se passe exactement la même chose avec les yeux de papa quand je lui pose des questions sur ma mère.

Je sais seulement qu'après l'accident, je me suis mise à dessiner des voiliers. Beaucoup de voiliers. Un nombre improbable de voiliers, en fait.

Des petits,
des moyens,
des gros.

Des voiliers de riches tout blancs, tout propres.

Des voiliers d'aventuriers
pleins de fissures, pleins d'histoires.

Des voiliers abandonnés.

Des voiliers sans importance.

Je ne sais pas si c'est normal, mais ici je peux tout écrire, non? *Fanny! C'est le principe d'un journal intime. GO!* Eh bien, j'ai honte de le dire, mais on dirait qu'avec le temps, j'ai appris à parler de l'accident de ma mère sans qu'aucun mot ait le pouvoir d'égratigner quoi que ce soit en moi. Un peu comme si j'avais réussi à épuiser toute émotion qui puisse concerner cet événement. Ces mots, par exemple…

Ma
mère
est
décédée
sur
un
voilier.

J'ai beau les écrire, les écrire et les écrire encore, ils ne remuent…

RIEN.

Pourtant, je suis perméable à tout. Un million de choses arrivent à me rendre triste ou heureuse ou angoissée dans une même journée ! Mais c'est comme s'il s'était construit quelque part en moi un espace réservé à toutes les émotions qui concernent ma mère. Elles s'empilent là et ne font plus aucun bruit. C'est comme ça, je n'y peux rien.

Les questions sans réponses se bousculent dans ma tête,
mais ne m'atteignent

JAMAIS.

Rassure-toi, journal.
Mon père et moi, on s'est reconstruit une vie à deux.
Une vie qui était pas si mal que ça, au fond.

Parce que tout se reconstruit dans la vie.
Même les choses brisées en mille morceaux.

C'est une chose
que je sais.

Un jour ou l'autre,
papa va se souvenir de ce qu'on était.
Ça aussi, je le sais.

Ma mère s'appelait Marianne Fortier et je pense à elle chaque fois que je ferme les yeux, mais personne ne le sait et c'est tout ce que j'ai à dire à ce sujet pour l'instant.

Mardi 20 septembre

Ça fait trois semaines exactement (à la minute près), que j'ai commencé ma nouvelle vie à Sainte-Lorette.

ET J'AI COMPRIS UNE CHOSE.

Lorette, André et Henri dînent à 19h tapantes, tous les soirs. Juste après la fin de l'émission *Questions pour un champion*. C'est une chose qui est réglée au quart de tour.

Je me demande ce qu'il y a de réconfortant

dans le fait de toujours faire la même chose à la même heure.

Je venais de raccrocher avec papa et, évidemment, Lorette avait entendu toute notre conversation parce qu'il n'y a qu'un seul téléphone dans cette maison (je tiens à dire que c'est une aberration à notre époque). Elle s'est approchée de moi avec un petit sac de mini-carottes déjà épluchées et un plat Tupperware rempli de sauce. J'ai saisi une carotte et je l'ai donnée à Albert qui dormait dans la poche de mon kangourou. Lorette a eu l'air fâchée, mais juste dans les yeux. Tout le reste de son visage demeure intact quand elle est en colère et c'est une chose vraiment très bizarre, je trouve.

Je regardais donc sans grand intérêt la fin de *Questions pour un champion,* sur la télévision perchée juste au-dessus de l'îlot de la cuisine. Ma tête, un peu trop inclinée apparemment, a trahi mon ennui.

- Fanny, tu sais qu'on fait tout notre possible ici pour que tu sois bien, mais on le remplacera pas, ton père. Et je le sais qu'on est différents. J'ai assez connu ton père et ta mère pour savoir que tu dois t'ennuyer ici !
- Pourquoi tu dis ça ?
- On va pas se mentir ! Elle était « spéciale », ta mère. Et ton père, n'en parlons pas ! Rien que le fait qu'il te permette d'avoir ton rat.
- C'est pas un rat, c'est un FURET.
- J'essaie juste de dire que le temps que tu vas passer ici, si t'essayais de t'adapter à nous, tu verrais qu'on n'a pas que des défauts.

J'aurais voulu poser plus de questions à Lorette concernant ma mère, mais Henri est venu tout gâcher en entrant dans la cuisine.
- Qu'est-ce qu'on mange ?
Les yeux rivés sur la poche de mon kangourou, Lorette a répondu sèchement.
- Le rat de Fanny mange des carottes. Nous, on va manger des vol-au-vent.

Henri s'est assis à côté de moi.
- Elle aime pas les animaux, ma mère.
- Mon père m'a appris qu'on devrait toujours se méfier des gens qui aiment pas les animaux.
- T'es pas gênée, toi !
Silence.
- Pfff… De toute façon, on peut pas discuter avec toi, Fanny Cloutier.

André s'est assis devant nous en versant une bonne dose de ketchup sur son vol-au-vent encore fumant.
- Le ketchup, c'est bon dans tout ! Hein, mon Henri ? Imagine des frites, sans ketchup !

Personne avait l'air de trouver la bonne humeur d'André contagieuse, apparemment. Lorette a continué de regarder la télévision du coin de l'œil sans accorder une once d'attention à son mari qui, lui, semblait résolu à mettre de l'ambiance dans cette soirée mal commencée.

- OK, imaginez, les enfants… un macaroni au fromage, sans ketchup !!!!! Hé, dis donc, tout le monde a perdu sa langue à part moi ? Lorette, bon sang, on peut juste dîner deux minutes sans ta foutue télévision !

Lorette a éteint la télévision en regardant André avec quelque chose comme de la haine dans les yeux. Mais André n'a pas lâché le morceau.
- T'as raconté à Fanny notre week-end de pêche, Henri ?

Je me suis empressée de répondre.
- Non, André. Quand Henri me parle, c'est surtout pour me dire des trucs nuls.
- Ben, les cocos ! Moi, j'aurais rêvé de ça quand j'étais ado… d'avoir quelqu'un de mon âge à la maison ! Essayez de trouver un terrain d'entente !

Les invitées de sa fête Tupperware n'ont pas fait assez d'achats. Résultat : elle n'aura pas de rabais sur SES plats.

Lorette, vraisemblablement de mauvaise humeur, a enchaîné :
- Ces deux-là sont comme le feu et l'eau, André ! N'essaie même pas ! Remarque que je sais pas à quoi on pouvait s'attendre ! Henri, t'as le caractère de ton père, et Fanny, celui de ta mère !
- Ah ouais, qu'est-ce qu'il a mon caractère, Lorette ?
- T'es un pince-sans-rire, André ! Tu cherches les problèmes tout le temps ! Ah, commence pas, hein ! Regarde, là, tu cherches encore la dispute !

Là, j'en avais assez.

J'ai planté ma fourchette
en plein dans mon vol-au-vent.
Purée, ça a même pas fait de bruit.

Lorette a eu l'air exaspérée.

- Fanny, fais pas ça avec ta fourchette. C'est pas poli.
- Je serai pas là demain soir.
- Ah bon, tu seras où ?
- Je vais dîner chez quelqu'un.

Henri a avalé une frite de travers.
- Mais tu connais personne à Sainte-Lorette !
Moi : Ben on dirait que si !

Et pour une fois, Lorette a dit quelque chose qui avait beaucoup de sens.
- Laisse-la donc tranquille, toi ! Fanny peut bien aller dîner chez une amie si elle en a envie ? Et pour la centième fois, Fanny, prends ta fourchette comme il faut ! Tu vas complètement détruire ton vol-au-vent avant de l'avoir mangé !

J'ai retiré ma fourchette de mon plat (qui commençait vraiment à avoir des allures de fin du monde) juste parce qu'André m'a encouragée à obéir avec ses yeux.

Puis,
comme si tout ce qui devait être dit
avait été dit…

Lorette a rallumé sa précieuse télévision en m'adressant sèchement la parole une dernière fois.

- Je m'excuse, Fanny, j'aurais pas dû dire ça à propos de ta mère tout à l'heure. On s'aimait beaucoup, malgré tout, elle et moi… Bon. Mange tes petits pois, là.

(Malgré tout ?)

J'ai mangé mes petits pois.
Et je suis allée faire dodo.

À+, sûrement demain, après le dîner chez Léonie.
Fanny xx

Mercredi 21 septembre

Bon.
Je sais pas trop quoi penser de ça.
Léonie est allée raconter à tout le monde que je vais dîner chez elle ce soir.

T'aurais dû voir la tête d'Henri, journal, quand il m'a vue, ce midi, manger avec Léonie Gingras à la cafétéria ! Il doit se dire que je suis complètement folle. En tout cas, bonne nouvelle, plus personne n'a osé approcher Léonie pour qu'elle recopie des devoirs.

J'imagine que tout ça va être bon pour mon karma !

À+ !
Fanny x

P.-S.
Thomas LeBon, mon prof de français, est sans doute le prof le plus cool que j'ai eu de ma vie. Il ressemble à un acteur hollywoodien qui joue dans un film sur deux en ce moment (juré), mais je me rappelle plus son nom. Bon. J'y reviendrai parce que la cloche vient de sonner !

Mercredi 21 septembre,
soir

Choc émotif.

(Ou comment une sauce à spaghetti a pu tout déclencher.)

- Shalut, maman! On est là! Jche te présente mon amie Fanny Cloutier.

Léonie s'est dirigée vers la salle de bain et a craché un gros truc dans l'évier. (Son appareil dentaire. Wow, elle peut l'enlever.) Elle est revenue presque aussitôt, et a eu l'air étonnée de voir que sa mère ne s'était pas retournée pour me saluer. Les deux mains agrippées à un paquet de spaghettis, sa mère nous faisait dos, immobile.

Wow, Léonie parle normalement quand elle enlève son appareil!

À vrai dire, elle avait l'air complètement paralysée.
- Maman, je répète, je te présente Fanny! Fanny, c'est ma mère, Sylvie.
La mère de Léonie s'est retournée lentement. J'ai eu l'impression qu'elle me dévisageait.

À VRAI DIRE, C'ÉTAIT LE CAS.

Elle me scrutait de la tête aux pieds, des pieds à la tête.

- Bon, maman! Je sais que j'invite pas du monde souvent, souvent, mais tu peux juste dire «salut». Mon Dieu que t'es gênante des fois!
- Excusez-moi, y a quelque chose qui m'a troublée. Comment t'as dit que tu t'appelles...?
- Fanny.
- Fanny... comment?
- Je m'appelle Fanny Cloutier, Madame.
La mère de Léonie a alors juste dit «Oh» un peu sèchement.

Là, Léonie a eu l'air complètement exaspérée.
- Quoi «Oh»? J'amène une amie une fois par SIÈCLE, maman, et tu trouves le moyen de me faire honte!
- Oui, pardon, c'est juste que… Oh puis non, oubliez ça, les filles! Allez faire vos devoirs, et revenez dans 15 minutes. Ça va être prêt, OK?

Léonie a levé les yeux au ciel en soupirant, puis m'a fait signe de la suivre. Là, on est allées dans le bureau de sa mère. Bon, le but, c'était de faire nos devoirs, mais on a trouvé mieux à faire. Léonie s'est excusée pendant trois grosses minutes à propos de sa mère.
- Ma mère est pas bizarre comme ça d'habitude. Je te jure. Mon Dieu… Elle fait peut-être un burn-out! Tu ne crois pas? Tout le monde fait ça maintenant, des burn-out.

J'écoutais à peine Léonie (qui s'inquiétait pour rien parce que sa mère a l'air bien plus normale que tous les gens bizarres que j'ai rencontrés à Sainte-Lorette jusqu'à présent). Sans comprendre pourquoi ni pouvoir faire autrement, je me suis mise à scruter tous les objets de la pièce, chaque mini-détail, en me disant que j'adorais tout de cette maison. Son côté imparfait, sans vernis, son désordre qui rimait avec quelque chose comme de la liberté.

- Youuuuuuuu-houuuuuuuu, la terre appelle Fanny!

Mes oreilles entendaient Léonie, mais ma tête ne l'écoutait pas.
Parce que pour la première fois depuis longtemps, j'étais bien.

J'AI PENSÉ
Je me sens chez moi
ici.

Un drôle d'air de déjà vu, même.

Plus qu'un de ces flash-back qui nous font penser
qu'un de nos deux yeux a vu
plus vite que l'autre.

Je me sentais chez moi comme si
j'appartenais à cet endroit
à cette maison, à cette
VIE.

C'est étrange.

Léonie s'est aperçue que je m'attardais à la collection de voiliers miniatures qui était disposée avec soin dans une de ces vieilles armoires qui sent le pin.
- Sont à ma mère, qu'elle m'a dit.

Il devait y avoir là une quarantaine de voiliers.
Même plus que ça.
Et de toutes les couleurs.
Exactement le genre de bateaux que j'ai dessinés durant toute mon enfance.

Oui, exactement.

Je les regardais, un à un, en me demandant si je finirais par tomber sur un modèle que je n'avais encore jamais imaginé. Je l'ai dit, je connais TOUS les types de voiliers ! Je me suis approchée pour toucher, mais Léonie a retenu ma main.

- On n'a pas le droit, on peut juste les regarder. Ma mère tient à sa collection de voiliers comme à sa vie. Et je pense que c'est même pas un jeu de mots !
- OK.

Léonie a saisi une photo dans un petit cadre, déposé à même le bureau de sa mère.
Sur le cliché, un grand voilier couleur crème.
- Regarde. Lui, il s'appelle *La grande vie II*. C'est le bateau de ma mère. Treize mètres de long. On passe l'été dessus, ma mère, mon père et moi. Mes parents sont séparés, mais c'est comme une tradition pour nous de partir l'été tous les trois.
- *La grande vie II* ?
- Ouais, ma mère m'a dit qu'elle m'expliquerait un jour pourquoi elle l'a appelé comme ça.

- Toi ! Tu sais faire du voilier !
Léonie a éclaté de rire.
- Quoi, moi ? Ben oui ! J'ai passé tous mes étés sur un voilier depuis que j'ai cinq ans. C'est pour ça que je suis exemptée du cours de géo, cette année.

Léonie s'est approchée d'une gigantesque carte du monde, remplie de pointillés rouges (on aurait dit des trajectoires).
- Regarde. L'été passé, on a traversé l'océan Atlantique, du Groenland, juuuuusqu'en Afrique du Sud… Ici.
- Wow, t'as dû en voir des choses.
- Ouais, quand même.
- T'as vu des girafes ?
- Hum-hum.
- Des lions ?
- Ben oui.
Léonie a baissé les yeux au sol. Je la sentais triste.
- Mais c'est peut-être parce qu'on est tout le temps partis aussi, que j'arrive jamais à me faire des amis.
- On s'en fout, Léonie. T'as vraiment envie d'avoir des amis qui te font faire leurs devoirs ?
- Ouais, t'as peut-être raison.
- Et pourquoi t'es exemptée du cours de géo ?
- Oh, parce que ma mère est allée voir le directeur et elle lui a dit que j'en savais plus sur le cours de géo de troisième que Mme Lizière.
- Ta mère a fait ça ? Mon Dieu, elle est super cool.
- Ben oui, je te l'ai dit, elle est pas toujours bizarre, ma mère ! Et faut dire qu'elle a eu Mme Lizière comme prof quand elle avait notre âge. Elle l'aime pas beaucoup…

J'ai souri à Léonie. Pour la première fois depuis mon arrivée à Sainte-Lorette, je n'avais pas du tout envie d'être ailleurs. J'ai senti que je me trouvais exactement là où je devais être, un point c'est tout. Léonie l'a senti je crois parce qu'elle avait l'air heureuse, elle aussi, que je sois là.

Elle a tiré un bon coup sur son pantalon pour le faire remonter beaucoup trop haut.

En la regardant s'éloigner vers la cuisine,
je me suis fait la promesse de ne plus jamais
juger quelqu'un
sur son apparence.

- Les filles ! Vous êtes servies !!!!!

Léonie et moi, on s'est ruées vers la cuisine, où deux gros bols de spaghettis tout chauds nous attendaient. Ça sentait telllllement bon !! J'ai trouvé que Sylvie avait l'air plus décontractée, mais la vérité, c'est qu'elle me regardait encore d'une drôle de façon.

On s'est assises.
Pas de télévision allumée au quart de tour.
Pas d'Henri pour me casser les pieds.

Mais une chanson, au piano,
que j'ai tout de suite reconnue.
(La préférée de ma mère, en fait.)

- C'est un morceau d'Erik Satie, ça, que j'ai dit. Mon père écoute tout le temps cette chanson-là.
- Je sais, a répondu la mère de Léonie.
- Ben, vous pouvez pas vraiment savoir, Sylvie, je viens juste de vous le dire…

Là, la mère de Léonie s'est levée pour aller chercher le bol de salade, resté tout près de l'évier.
- Non, je veux dire, je sais… que c'est, euh, Erik Satie ! Et puis tu peux me tutoyer, hein, Fanny !

Je me souviens que j'ai pensé quelque chose comme…

JE ME SENS BIEN ICI
MAIS Y A UN TRUC BIZARRE DANS L'AIR
QUAND MÊME.

Puis, mon sentiment s'est confirmé au moment où j'ai avalé ma première bouchée de spaghettis. Oui, parce que j'ai arrêté de respirer, journal. Même odeur. Même texture. Mêmes couleurs. Et goût… IDENTIQUE.

LA SAUCE À SPAGHETTI DE LA
MÈRE DE LÉONIE ÉTAIT
EN TOUS POINTS PAREILLE
À CELLE DE MON PÈRE.

La recette SECRÈTE.

- C'est bizarre, elle a exactement le même goût que celle de mon père, ta sauce, Sylvie… que j'ai dit, juste avant d'avaler trois grosses bouchées de mon assiette.

Je mangeais avec tellement d'appétit que je n'ai pas remarqué que la mère de Léonie s'était levée de sa chaise, qu'elle avait quitté la cuisine, qu'elle était sans doute dans tous ses états.

Deux minutes plus tard, elle était de retour avec un énorme livre dans les mains. Elle a alors poussé tout ce qui se trouvait sur la table, le gros plat de spaghettis, les deux verres de lait, le pain, la salade, et a déposé l'objet poussiéreux devant moi.

J'AI TOUT DE SUITE DEVINÉ QUE
C'ÉTAIT UN ALBUM PHOTOS.

- Tiens, Fanny. Tu peux l'ouvrir si tu veux… Ou plus tard aussi, c'est vraiment comme tu veux. C'est… ben, c'est à toi.

Léonie a fait des yeux énormes à sa mère…

Énormes les yeux. Genre *Tu joues à quoi, là, au juste?*

… Et ça m'a rassurée, je l'avoue, parce que je me suis dit qu'elle n'avait aucune idée de ce qui était en train de se passer, elle non plus. Si je me doutais bien qu'on n'interrompt généralement pas un dîner pour rien, je dois dire que je n'étais absolument pas préparée au choc que j'allais vivre, ce soir-là, au 48 rue des Épines, à Sainte-Lorette.

La poussière qui est allée danser partout dans la pièce, au moment où j'ai saisi le grand album, m'a fait sentir comme une Harry Potter des temps modernes (Poudlard et Voldemort en moins). Mais mon excitation a vite fait place à un sentiment proche de la peine au moment où mes yeux se sont posés sur la première photographie.

Ma mère.
Une photo de ma mère.
Et encore une autre

et ainsi de suite parce qu'il y en avait vraiment,
vraiment beaucoup.

Le genre de photos pour lesquelles j'aurais tout donné
quand j'étais enfant.

Le genre de photos dont mon père a toujours
NIÉ
l'existence.

J'ai laissé les images défiler sous mes yeux et je sentais, sans pouvoir faire autrement, que chacune d'elle allait s'imprimer sur ma rétine. Bien vite, j'ai vu que j'apparaissais sur certains des clichés. Mon père, aussi.

Mais surtout,
le petit trio qu'on était.

Sylvie cherchait des mots qui chasseraient le silence, mais sa bouche qui s'ouvrait et se fermait échouait à prononcer même la plus minuscule syllabe. Chaque son semblait s'être coincé quelque part entre sa gorge et le reste du monde.

Pourquoi c'est toujours dans ces moments-là
qu'on dit les trucs les plus insignifiants ?

- La sauce à spaghetti, c'est une recette que j'avais montrée à ta mère. C'est pour ça qu'elle a le même goût. Ton père te fait la même. Oh, et puis on s'en fout, je sais pas pourquoi je te parle de sauce à spaghetti, j'suis ridicule ! Mon Dieu.

J'ai regardé la mère de Léonie droit dans les yeux.
- Comment ça se fait que vous avez ces photos-là chez vous?
- Fanny, ta mère et moi, on était des grandes amies. Je considérais Marianne comme… ma sœur.
J'ai mis au moins 10 secondes à essayer d'enregistrer ce que la mère de Léonie venait de me dire.
- C'est pas possible. Mon père m'a jamais parlé de vous. Mon père m'a jamais parlé de personne, en fait.
- Je sais, Fanny.

J'ai trouvé que le spaghetti avait un goût de trahison. La vérité, c'est que de voir ces photos m'est alors devenu insoutenable.

Je me suis levée, l'album photos soudé à ma poitrine – comme pour éviter que tout mon corps ne s'égraine au sol – et je me suis mise à marcher à reculons vers la sortie, vers n'importe quelle sortie pourvu que je m'éloigne de cette cuisine, un point c'était tout.

- Je comprends pas… Mon père m'a toujours dit qu'il restait juste une photo de ma mère. Et qu'on n'avait personne, qu'il y avait juste nous deux. Je… je comprends pas.
- Fanny, je regrette, je voulais pas que ça te mette dans cet état-là. J'ai juste pensé, en te voyant, que cet album-là te revenait. J'aurais pas dû te le donner ce soir.
- Je… Merci pour le spaghetti, mais je vais partir là parce que je pense que j'ai besoin d'être toute seule.
- Attends, pars pas comme ça. Je vais aller te reconduire, OK?

J'ai mis ma veste en jean, l'album toujours soudé à ma poitrine, pendant que Sylvie continuait d'essayer de me retenir.
- Je comprends tellement à quel point tout ça doit être bizarre pour toi, mais si ton père a fait ça à ce moment-là, c'était pour ton bien. J'en ai jamais douté. Personne en a jamais douté.

- Si mon père a fait quoi ? Pourquoi tout le monde a l'air de tout savoir sur ma vie, SAUF MOI ?

J'ai dit ça.

À une presque parfaite inconnue alias la mère de Léonie,
j'ai dit tout ça (et en criant, je crois).

Puis,
je suis partie.

C'ÉTAIT AU-DESSUS DE MES FORCES DE RESTER.

Je sais même plus si je peux faire confiance à mon père,
à ma pseudo-tante ou même
à Léonie.

Elle le savait, Léonie, que sa mère était la meilleure amie
de ma mère ?

Je peux juste avoir une vie NORMALE, journal ?
Une vie comme toutes les filles de mon âge.

Rien de plus à ajouter pour le moment.
Désolée, journal.

Fanny xx

Mercredi 21 septembre,
nuit
(Oui, t'as bien lu «nuit», journal.)

BANG.
BANG.
BANG.

J'ai été réveillée à trois heures du matin par un bruit de cailloux venus frapper par trois fois la fenêtre de ma chambre. Je me suis extirpée de mon lit, en me disant que ma nuit allait décidément être pénible jusqu'au bout (après l'histoire des photos de ma mère, j'ai eu un mal fou à m'endormir).

C'est là que je l'ai vue.

Léonie.

Debout, en plein milieu du jardin de Lorette, dans ses grosses bottes de caoutchouc: Léonie se tenait là, dans la totale obscurité. Il pleuvait des cordes le long de son imperméable jaune et jusqu'au bout de ses doigts. Je la sentais qui grelottait, d'où j'étais, alors je me suis dépêchée d'ouvrir la fenêtre.

- T'es folle, Léonie Gingras? Qu'est-ce que tu fais là en plein milieu de la nuit!
- Je suis venue te dire que tu te laisseras pas faire!
- Quoi? De quoi tu parles? Tu vas réveiller tout le monde!

Léonie s'époumonait pour que sa voix ne soit pas enterrée par le déluge, alors je suis sortie dehors moi aussi et j'ai refermé la fenêtre pour éviter que Lorette se réveille (elle aurait fait une double crise cardiaque + syncope en réalisant que son jardin de tulipes était en train d'être massacré).

Léonie avait les yeux des gens qui n'ont plus grand-chose à perdre et c'était une chose que je n'avais jamais vue d'aussi près.
- Ton père avait pas le droit de te mentir pendant toutes ces années ! Tu te rends compte, t'as regardé la même photo depuis que t'es petite, pendant que, dans ma maison, il en existait des dizaines d'autres ! Tu veux vraiment savoir ce que je pense ?

Je voulais pas pleurer.

PLEURE PAS.
PLEURE PAS.

J'ai rien répondu, mais Léonie a quand même continué.
- Ben, je pense que si ton père a été capable de te cacher ça, à propos de ta mère, à mon avis, il t'a caché PLEIN d'autres choses !
- Léonie, arrête, OK ? On n'est pas dans un film ! Tu viens ici en pyjama en plein milieu de la nuit, avec ta pluie dramatique qui te dégouline en plein visage, comme si t'allais me sauver la vie. Mais tu sais c'est quoi, la vérité ?

Léonie est restée plantée là devant moi, droite comme un piquet, à attendre la suite de ce que j'allais dire.

Je cherchais les mots,
les bons mots.

J'ai mis tellement de temps à les trouver
que je savais même plus si c'étaient des larmes sur mes joues
ou de l'eau de pluie.

- La vérité, Léonie, c'est que mon père était la seule personne que j'avais au monde et qu'il m'a menti ! Et donc il va me falloir un bon bout de temps avant de refaire confiance à quelqu'un ! OK ? Donc oublie tout ça, et trouve-toi autre chose pour mettre du piquant dans ta vie trop monotone de fille de la campagne !

Léonie s'est avancée. Elle a sorti une minuscule boîte de la poche de son ciré jaune et me l'a tendue. Puis, elle m'a dit une dernière chose (sans crier, cette fois).

- Comme tu veux, Fanny Cloutier. Continue de rien savoir de ta vie et puis tu retourneras dans ta grande ville à Montréal en courant, le jour où ton père va t'annoncer qu'il revient et que vous pouvez tout reprendre « comme avant »… Mais moi, JAMAIS je ne laisserai PERSONNE me mentir dans ma vie ! Tiens. Tu feras ce que tu veux avec, j'étais venue parce que j'ai pensé qu'elle te revenait à toi… au cas où ça t'intéresserait.

J'ai pris la petite boîte des mains de Léonie.

Puis
je l'ai regardée s'éloigner
en ordonnant à ma tête d'arrêter de réfléchir
pour une fois.

…
Fanny x

PAPA ET MOI
ON A RECOMMENCÉ À SE PARLER AU TÉLÉPHONE.
RÉGULIÈREMENT CE SERAIT PAS LE BON MOT
MAIS **ASSEZ SOUVENT**
DISONS.

JE L'ÉCOUTE ME RACONTER QU'IL MANGE BEAUCOUP DE RIZ
QU'IL VISITE DES TEMPLES
OÙ ON PEUT FAIRE DES VOEUX SUR DES PETITS BOUTS DE
PAPIER QU'ON ACCROCHE AUX ARBRES.

Et moi,
JE LUI PARLE DE MILLE CHOSES.
DU CON DE TOMMY ET DE Mme LIZIÈRE ET AUSSI DE LORETTE À
QUI IL ARRIVE TOUT LE TEMPS DES HISTOIRES SANS
IMPORTANCE.

DE LA PLUIE ET DU BEAU
TEMPS.

MAIS JAMAIS DE CETTE HISTOIRE DE
PHOTOS PLEINES DE SES MENSONGES.

Vendredi 23 septembre

* (Oui, j'ai oublié de te le dire. Albert dort dans une cage depuis qu'il a fait pipi dans les chaussures en peau de crocodile de Lorette.)

BATAILLLLLLLLLE !!!!

J'imagine que tu vas me trouver folle, journal, mais tu sais la petite minuscule boîte que Léonie m'a donnée il y a deux jours? Je ne sais absolument pas ce qu'elle renferme, et surtout, pourquoi Léonie est venue me l'apporter en plein milieu de la nuit… J'ai été incapable de l'ouvrir. Je l'ai cachée au fond de la cage d'Albert*. Je l'ai cachée là parce que, comme ça, je ne la vois pas. Et comme le vieux dicton le dit…

CE QU'ON NE VOIT PAS NE NOUS FAIT PAS MAL.

En arrivant à l'école hier matin, j'ai trouvé un post-it signé Léonie collé sur la porte de mon casier.

En lisant ces trois petites phrases, j'ai senti comme un grand soulagement. Comme si la vie me donnait une minuscule deuxième chance d'être un peu heureuse, ici. Je me suis dépêchée de répondre à Léonie (avec le crayon le plus rose-fuchsia de ma collection) et je suis allée coller le post-it (plus très collant) sur son casier.

Même si Léonie et moi on s'est réconciliées en deux coups de crayon, j'avoue que je ne sais pas quoi faire avec cette histoire de photos cachées. Mais je dois dire que pour l'instant, il y a beaucoup plus important !! Je n'ai donc pas le choix de mettre mes réflexions familiales de côté !

Je m'explique.

À cause de l'épisode « Léonie veut faire de ma vie un film d'espionnage américain », je n'ai pas réussi à fermer l'œil de la nuit mercredi soir.

Inutile de dire donc que jeudi matin, en arrivant à l'école, ce n'était pas du tout la grande forme.

YEUX BOUFFIS + QUEUE DE CHEVAL DE TRAVERS

+ UN BAS BLEU UN BAS ROSE

Et surtout, surtout : aucun neurone dans mon cerveau pour me permettre de bien réfléchir.

Genre.

Pour faire court, mon SUPER prof de français, Thomas LeBon, a eu une SUPER idée pour nous faire étudier (bon, si j'en parle, c'est que ça a mal tourné, mais j'y reviens). En gros, M. Thomas a réussi un exploit. Il a convaincu Mme Lizière de réunir leurs deux classes hier matin (géo + français) autour d'un grand match de base-ball amical (pfff) dans lequel deux équipes s'affronteraient.

GÉO VS FRANCAIS

* LES RÈGLES DU JEU DE M. THOMAS *

Pour pouvoir se déplacer d'un but à l'autre, le frappeur devait répondre correctement à des questions de géo ou de français, sans quoi il devait rester planté là, à son but.

1 mauvaise réponse = 1 prise
3 prises = joueur suivant!
Très simple :)

La stratégie de M. Thomas, en gros,
c'était de nous motiver à apprendre nos leçons
à travers le sport!
Quand même cool.
(Ce prof est vraiment pas comme les autres.)

JE LE JURE

Je ne m'étais pas imaginé
une seule seconde
que ce matin virerait à la catastrophe!

Mais j'aurais dû y penser. TOUS les gars de l'équipe de foot (alias « gros tas de muscles ») étaient là et disons que, depuis l'épisode où je les ai insultés à la cafétéria pour sauver Léonie, il y a une tension certaine entre nous !

Henri-les-lunettes aussi était là et même Léonie, qui avait décidé que cette partie de base-ball l'intéressait plus qu'un énième tour à la bibliothèque, même si elle s'est contentée de rester à l'écart pour observer.

(Ah oui, Léonie ne porte plus son appareil dentaire à l'école.
Juste la nuit à ce qu'elle m'a dit.
On est devenues de vraies amies, enfin je pense.
Au fond, je m'en foutrais pas mal qu'elle porte un appareil.
JURÉ.
Fin de la parenthèse.)

BREF.

Quand je me suis avancée à mon tour avec le bâton, j'étais vraiment sûre de moi.

Mon père et moi on a frappé des millions de fois ensemble et je connais vraiment bien le contenu du cours de français parce que M. Thomas est véritablement un bon prof et que tout ce qu'il dit m'intéresse au plus haut point.

Donc, je le répète, j'étais archi-confiante.
À l'aide d'un porte-voix, Mme Lizière a posé une première question – si je répondais correctement, je pouvais frapper.
- Quelle est la capitale de l'Afrrrrique du Sud ?
- Euh, Johannesburg ! que j'ai crié, un peu stressée.

- C'est bon ! a rétorqué M. Thomas. Tommy, tu peux lancer la balle à Fanny !

Et là, ce Tommy, au lieu de me lancer la balle, a OSÉ m'insulter gratuitement !
- Allez, montre-moi comment ça frappe, une fille !
- Pardon ? Répète ça, Tommy ? que je lui ai dit.

Silence total.

Henri, qui était debout au 2e but, a sifflé (genre *ooooh, ça va mal aller*), tandis que M. Thomas, qui n'avait rien pigé de la scène, attendait que je frappe. Léonie, qui ne veut jamais d'ennuis, m'a dit mollement…

Fanny,
laisse tomber.
C'est un GROS CON.

Eh bien, cet énergumène de Tommy a osé me regarder droit dans les yeux et RÉPÉTER sa petite phrase à deux balles !
- J'ai dit : montre-moi comment ça frappe, une fille !
J'ai balancé mon bâton et je me suis ruée sur lui si fort que, malgré ses 70 kilos de stupidité, Tommy est allé s'écrouler dans le gros trou d'eau qui se trouvait juste derrière lui ! Une seconde et quart plus tard, Henri déclenchait l'hécatombe en criant…

BATAILL

Mme Lizière, complètement désemparée face à l'attroupement d'élèves venus se masser autour de Tommy et moi, a eu beau hurler, hurler !
- Arrêtez ! Ressaisissez-vous !!

LE MAL ÉTAIT
FAIT.
RIEN, NON RIEN NE POURRAIT NOUS ARRÊTER !

J'étais nez à nez avec Tommy. Moi sur lui, lui dans la boue. Puis, au moment où je commençais à me demander comment tout ça allait se terminer, Léonie a sauté dans la boue à son tour.

(Wow ! J'avoue qu'elle m'a impressionnée !)

Mais très vite, M. Thomas a repris le contrôle de la situation en se frayant un chemin parmi les élèves qui scandaient nos noms sans arrêt.

- Fanny ! Tommy ! Chez le directeur. Tout de suite !!

JAMAIS, non jamais, je n'avais imaginé que M. Thomas puisse se fâcher dans la vie (aussi sèchement, je veux dire). Son beau teint rose (parfait) était devenu... mauve.

Chez le directeur.

- J'ai défendu le droit des femmes, moi. Je sais pas si Tommy peut en dire autant.

C'est la seule chose un peu brillante que j'ai trouvée à dire pour me sortir du pétrin, quand Tommy et moi on a atterri chez M. le directeur, quelques minutes après la bataille. Monsieur Thomas était là, lui aussi. J'évitais lâchement son regard pendant que le directeur me sermonnait.
- Mademoiselle Cloutier, vous vous croyez vraiment tout permis depuis votre arrivée ici. Notre école est un établissement respectable ! Pas un zoo !

Les yeux rivés sur ses pieds, Tommy a tenté l'ultime tactique – c'est-à-dire, faire pitié. Argggggg.

- Elle m'a fait super mal, Monsieur le directeur.

Mais M. le directeur n'a pas mordu à sa stratégie à deux balles.
- Vous, Tommy, jouez pas au plus malin avec moi, je sais très bien à quel genre d'élève j'ai affaire avec vous. Des garçons comme vous, j'en ai rencontré à la pelle dans ma carrière ! Vous êtes sur un très mauvais chemin, tous les deux. Un trèèèès mauvais chemin.

M. Thomas s'est raclé la gorge, interrompant M. le directeur.
- Je vais retourner voir les élèves de ma classe. On va se reparler de tout ça à tête reposée, vous deux, la semaine prochaine.

Mais M. le directeur, lui, ne semblait pas en avoir fini avec M. Thomas.
- Vos activités spéciales, Thomas, n'ont rien d'éducatif à ce que je vois ! Essayez donc de vous en tenir au programme, et surtout, de garder le contrôle sur votre classe.
- Oui, monsieur.

PUNIE

J'ai eu de la peine de voir M. Thomas si penaud. Son dos voûté et la lenteur de ses pas trahissaient son désarroi et je savais, même si c'est Henri et pas moi qui avait crié «bataille»...
... que tout ça
était de ma faute.

Pas le droit
à mon téléphone.
Pas le droit de sortir.
Pas le droit de rien.

Papa a le droit de me punir depuis KYOTO ? J'aurai vraiment tout vu dans ma vie.

Octobre

Vendredi 7 octobre

10 552 km.

Papa a dû avoir le choc de sa vie quand il a été réveillé au beau milieu de la nuit par le directeur de l'école qui lui téléphonait pour lui annoncer la nouvelle.

→ à 10 552 km de lui

Pendant qu'il dormait confortablement dans son lit japonais,
moi, Fanny Cloutier
j'avais été l'épicentre d'une bataille générale
(et féministe)
sur un terrain de base-ball.

Je sais maintenant pourquoi. Papa a remporté le 1er prix pour ses recherches sur les méduses Turritopsis et il était sans doute fou de joie, donc moins disposé à être fâché/présent pour moi.

Pour être franche, ça m'a étonnée que papa ne saute pas dans le premier avion direction Sainte-Lorette pour venir me sermonner. Mais c'était tout comme. Lui et Lorette se sont parlé, et ensemble, ils ont échafaudé la supposée…

« PUNITION PARFAITE »

J'entendais juste la voix de Lorette, évidemment.

Va falloir qu'elle se calme, Hubert.
Fanny doit comprendre qu'il y a des limites à respecter ici.
Un cadre!

Oui, elles ressemblaient à ÇA,
leurs grandes conclusions d'adultes.

Voilà donc deux semaines que papa a décrété la fin de toutes mes libertés.

Mais contre toute attente, j'ai survécu.
Sans mon téléphone,
sans Internet,
sans journal,
et même, sans... Albert.
J'ai survécu

Il a dormi dans la chambre d'Henri pendant mes deux semaines de punition. Grrrr...

et ma punition est levée :
T-E-R-M-I-N-É-E.

À moi ma liberté :)

Je dois dire que ces deux semaines sans technologie
ni journal ni rien m'ont fait :

LE PLUS GRAND BIEN.

N° 1 Léonie et moi, on passe tout notre temps libre ensemble (elle a enfin arrêté de me parler de cette histoire de photos et de boîte secrète que je ne veux pas ouvrir, bon).

N° 2 Même si j'ai l'équipe de foot au grand complet sur le dos, ça va.

Ça va parce que je me suis découvert une passion pour euh... la littérature.

OK, NON.

Pour la litterature de M. Thomas.

(...)

OK.

J'arrête de mentir.

Ce ne sont pas les livres de M. Thomas qui m'intéressent.

C'est...

LUI.
MON PROF.
M. THOMAS

Bon, c'est dit.
Et je ne suis pas idiote, en passant.
Je sais bien que je ne peux rien dire.

IL EST BEAUCOUP TROP VIEUX POUR MOI,
JE SAIS.
MAIS J'Y PEUX RIEN DONC STOP LE JUGEMENT.

Il est juste trop beau, gentil, intelligent, doux. Il est TOUT.
(Et en passant, il vient de terminer l'université, je crois.
À quel âge on termine l'université encore ?)

Blond, yeux bleus, grand… il s'habille pas comme un vieux schnock, et il vient à l'école en skate. Tu me crois, là, qu'il est pas comme les autres profs ?

Ooooooh !
Et je sais même plus comment ça a commencé !

Je crois que ça a commencé le matin où M. Thomas est arrivé avec, pour chaque élève de la classe, un exemplaire d'un livre vraiment intéressant qui s'appelle *Le journal d'Anne Frank*.

On avait deux semaines pour le lire,
mais je l'ai dévoré en quatre jours.

Grosso modo, c'est l'histoire d'une fille allemande de mon âge qui s'est cachée avec toute sa famille durant une bonne partie de la Deuxième Guerre mondiale, parce que les gens au pouvoir (les nazis) voulaient les exterminer. Et cette Anne a écrit TOUT, absolument TOUT ce qu'elle ressentait dans un journal, un journal qu'on a retrouvé après sa mort (monsieur Thomas dit que c'est le père d'Anne Frank qui l'a fait publier). Oui, je sais, ça a l'air lugubre comme ça, mais c'est très beau.

Vraiiiiiment très beau, je veux dire.

Ça m'a même donné envie de m'appliquer encore plus pour écrire mon journal à moi. C'est juste que là, j'ai pas la tête à faire des belles phrases parce que j'ai mon cœur à gérer.
Note à moi-même : c'est fou le pouvoir des livres quand on y réfléchit bien. Anne Frank est décédée depuis quoi… 70 ans au moins ? Mais elle a réussi à changer quelque chose en moi quand même, d'aussi loin qu'elle se trouve en ce moment.

UN EXTRAIT DU *JOURNAL D'ANNE FRANK*.
(Je sais. C'est mal de découper dans les livres).

SAMEDI 20 JUIN 1942

C'est une sensation très étrange, pour quelqu'un dans mon genre, d'écrire un journal. Non seulement je n'ai jamais écrit, mais il me semble que plus tard, ni moi ni personne ne s'intéressera aux confidences d'une écolière de treize ans. Mais à vrai dire, cela n'a pas d'importance, j'ai envie d'écrire et bien plus encore de dire vraiment ce que j'ai sur le cœur une bonne fois pour toutes à propos d'un tas de choses. Le papier a plus de patience que les gens : ce dicton m'est venu à l'esprit par un de ces jours de légère mélancolie où je m'ennuyais, la tête dans les mains, en me demandant dans mon apathie s'il fallait sortir ou rester à la maison et où, au bout du compte, je restais plantée là à me morfondre. Oui, c'est vrai, le papier a de la patience, et comme je n'ai pas l'intention de jamais faire lire à qui que ce soit ce cahier cartonné paré du titre pompeux de « Journal », à moins de rencontrer une fois dans ma vie un ami ou une amie qui devienne l'ami ou l'amie avec un grand A, personne n'y verra probablement d'inconvénient.

M. Thomas nous a lu cet extrait et nous a ensuite posé une question.

C'est à ce moment-là que j'ai compris que je perdais tous
mes moyens
(purée)
devant lui.

- Pourquoi pensez-vous qu'Anne a écrit ce journal ? Pourquoi continue-t-elle à écrire, malgré tout ce qu'elle vit, la faim, le froid, la peur, l'isolement… ? Pourquoi, à votre avis, Anne Frank parle d'ami avec un « grand A » ?

J'ai levé ma main haut, haut dans les airs.
- On t'écoute, Fanny.
- Ben, la solitude, je suppose ? Je veux dire, même si on a faim ou peur, ça change rien à tout ce qu'on a en nous. Et puis je sais pas, j'ai pas vécu la guerre, mais j'imagine que ce qui reste de plus important, c'est de s'aimer ? Ou peut-être pas, hein ? J'ai dit ça comme ça…

Tommy a parlé tout bas genre…

*Oooooh,
que c'est touchant ce que tu dis, Fanny.*

Et Henri lui a lancé une boule de papier derrière la tête.

Depuis QUAND Henri-les-lunettes me défend ? Bon, je me plaindrai pas de ça :).

M. Thomas m'a regardée sans rien dire et BANG, je suis devenue rouge tomate ! Je ne savais pas si je venais de dire quelque chose de stupide parce que son silence a fait un gros vide de deux kilomètres et demi !

- Fanny vient de dire quelque chose de très intéressant. Je vais vous demander de réfléchir à sa réponse et de me présenter une dissertation de 850 mots pour le prochain cours.

C’est tout ce que M. Thomas a eu le temps de dire parce que la cloche a sonné. Mais l’important, c’est qu’il a pas trouvé ce que j’ai dit trop stupide. Je crois même qu’il a trouvé ça un peu brillant. Pas de doute…

Fanny
xx

COMMENT NOYER SA PREMIÈRE PEINE D'AMOUR
EN REGARDANT DES LOOKS DE CŒUR DE PIRATE
Ketchup

Lundi 10 octobre,
soir

BON.

- Vous êtes PAS FAITS pour vous entendre !!!!

Bon.

À voir la réaction de Léonie quand je lui ai raconté pour M. Thomas, j'ai tout de suite compris qu'elle ne voyait pas les choses tout à fait comme moi.

- M. LeBon, premièrement qu'il s'appelle, était juste content que, pour une fois, un élève s'intéresse à la lecture ! Mon Dieu, Fanny, reviens sur terre et oublie ça.
- Parle moins fort, Léonie Gingras ! À tous les coups, Henri va nous entendre, il a rien d'autre à faire que d'écouter aux portes !

Léonie s'est assise avec une revue people sur mon lit, avec un air détaché, comme si le dernier article sur la séparation de Cœur de pirate était plus important que mon histoire. Je me suis emparée de la revue (je mérite toute son attention).

- Mon coup de foudre, ou appelle ça comme tu veux, pour M. Thomas…
- LeBon, M. LeBon.
- OK, LeBon ! Ben, c'est la PREMIÈRE chose cool qui m'est arrivée depuis que je suis à Sainte-Lorette !
- Peut-être, mais c'est aussi la chose la plus stupide.
- Pourquoi tu dis ça ?
- Parce qu'il sort avec quelqu'un.
- Mais ouais, c'est ça, avec Mme Lizière, je parie ?
- Non… il sort avec quelqu'un d'autre, disons.
- Oh, vas-y, Léonie ! Épargne-moi le suspense ! Avec QUI Thomas LeBon sort ?

Léonie a lancé sa revue par terre.

- MA MÈRE… Ma mère, OK ? Ben oui. Et ça me tente pas du tout d'en parler parce que moi, c'est avec mon père que je voudrais que ma mère sorte. Pas avec « Ryan-à-moitié-Gosling ».
- Toi aussi, tu trouves qu'il ressemble à Ryan Gosling ?
- Bof…

J'ai rien trouvé à ajouter de plus. J'étais sciée. C'est vrai que la mère de Léonie est belle, intelligente… aventurière, même. Et sois réaliste, Fanny : il est trop vieux pour toi.

Léonie et moi, on s'est assises sur mon lit d'eau et là…

j'ai noyé ma première peine d'amour
en avalant un sac de chips au ketchup jusqu'au dernier
et en critiquant les tattoos de Coeur de pirate.

FANNY

TU AS RÉUSSI UN EXPLOIT.

ÊTRE AMOUREUSE

MOINS LONGTEMPS QU'EN

CHAGRIN D'AMOUR

Dimanche 30 octobre,
soir

Déjà ?

Les feuilles sont presque toutes tombées des arbres, journal. L'automne s'installe pendant qu'une partie de moi se dit…

déjà deux mois que je suis ici ?

J'espère que je t'ai pas fait mal en arrachant les pages des trois dernières semaines. (Qu'est-ce que je raconte ? T'es un journal !) J'ai fait ça parce qu'il ne s'est franchement rien passé d'important et que si mon journal, comme celui d'Anne Frank, est retrouvé un jour, je voudrais que ce soit un journal efficace et quand même cool à lire. Voilà. Bon, ce serait étonnant que mon père pense à le publier, par contre !

Pour pouvoir continuer à assister aux cours de M. Thomas – avec une certaine dose de dignité – ,

J'AI DÛ ME BLINDER.
ME FABRIQUER UNE
CARAPACE POUR LE CŒUR
POUR RE-
TROUVER LA
FANNY D'AVANT.

Franchement, j'y pense
et je me demande vraiment
pourquoi
on fait tout un plat avec ça, les « chagrins d'amour » ?

Au fond,
l'idée,
c'est de se rappeler qu'avant

la terre
tournait
quand même.

JE VAIS SUPER BIEN DONC,
C'ÉTAIT JUSTE UN COUP DE FOUDRE, JOURNAL.

Je-ne-veux-même-plus-en-parler.

Donc, comme je n'avais rien de mieux à faire que de souffrir en silence (c'est ce que font les gens en chagrin d'amour, non ? Ils souffrent ?), j'ai décidé de passer toutes mes soirées à boire des sodas au **QUILLE QUI VA GAGNER.**

J'apprivoise donc la solitude en regardant des vieux faire des acrobaties devant une piste de bowling.

J'en parle parce que j'étais là, toute seule devant le comptoir à frites à faire mes devoirs sans rien attendre de plus de la vie, quand Henri est arrivé comme si on était soudainement devenus des amis.

- Fanny ! Tu devineras pas quoi ! qu'il m'a dit.
J'ai continué de faire mes devoirs, et je lui ai répondu, mais sans le regarder (parce qu'avoir un minimum d'orgueil, c'est très important dans la vie) :
- Non, je devinerai sûrement pas. Quoi donc ?
- J'ai trouvé quelque chose, au fond de la cage d'Albert. En la lavant…
- T'as lavé la cage d'Albert ?
- Ouais, mais on s'en fout. J'ai trouvé… tu me croiras pas ! Une boîte.
- Hum-hum… Et tu l'as ouverte, j'imagine !
- Ben… ouais.
- OK, ben accouche ! Y avait quoi dedans ?
- Une clef.
- Une clef ? Ah ouais ? Ben… je sais pas à quoi elle sert. Et depuis quand on se parle, nous deux ?
- Ben, je sais pas moi. Mais j'en ai marre qu'on s'engueule… Et puis, en plus, je te trouve moins pire, disons… que les autres filles.
- Moins « pire » ! T'es aussi misogyne que les autres gars !
- Mais non ! J'ai rien contre les filles, j'essaie juste de dire que… je t'ai trouvée géniale de pas te laisser faire par Tommy, l'autre jour.

Là, j'ai fait pivoter le banc sur lequel j'étais assise en prenant une bonne gorgée de soda (ça a grincé de partout, « squikkkk », et je me suis presque étouffée). Ça se voyait, purée, que je savais pas quoi répondre !
- Ben, merci… Mais j'ai pas vraiment de mérite, je le trouve con, Tommy, c'est tout.

*** Malaise instantané ***

(Traduction : C'était beaucoup plus facile quand on se disputait, Henri et moi.)

On a passé une bonne grosse minute sans parler, lui et moi. On regardait les vieux s'amuser avec la boule disco qui venait de commencer à tourner et qui faisait des confettis de lumière au-dessus de leurs têtes.

Puis, Henri a brisé le silence.
- Tu sais, la clef que j'ai trouvée…
- En fouillant dans mes affaires.
- Ouais. Comment ça se fait que t'as ça, une clef comme ça ?
- Je savais même pas ce qu'il y avait dans la boîte. C'est vraiment une longue histoire, Henri.
- Ben moi en tout cas, je suis à peu près CERTAIN qu'elle sert à ouvrir un coffre-fort à la banque.
- Quoi ? Ben voyons. Hé, Léonie et toi vous êtes faits pour vous entendre, hein ! Tu devrais lui parler, elle aussi elle rêve de vivre dans un scénario de film américain !

Henri a sorti la clef de sa poche.
- Mais non, je rêve pas. C'est juste qu'il y a le logo de la banque en tout petit, là. Juste ici, regarde. Et je me demandais si on était riches tout d'un coup !
- Si « on » était riches ? C'est MA clef, soit dit en passant.
- Ben, tu t'en fous pas mal apparemment, vu que tu la laisses moisir au fond d'une cage à furet.

J'ai pris la clef pour la regarder de plus près. Henri-les-lunettes disait vrai. Il s'agissait bien du logo de la Banque populaire de Sainte-Lorette. Il fallait absolument que je demande à Léonie où elle avait trouvé cette clef-là !

OMG

OMG

OMG

Le quart de mon soda s'est retrouvé sur le jeans d'Henri.
(Désolée… !)

Les lumières du bowling ont continué de danser sur son visage ahuri, pendant que je m'éloignais de lui en criant…

- Je vais tout t'expliquer plus tard ! Faut vraiiiiiment que j'y aille !

OMG

OMG

OMG

OK, ON LE FAIT.

Je suis arrivée chez Léonie en catastrophe. Là, j'ai presque lancé mon vélo dans le gazon. En fait, il s'est littéralement envolé pour atterrir, BANG, devant sa porte. J'ai frappé une bonne dizaine de coups, sans que personne réponde. Désespoir. Puis, au moment où j'allais me résigner à partir, je l'ai vue qui arrivait, deux gros sacs en plastique du *Dollarama* dans chacune de ses mains.

«Le Dollarama, c'est un magasin où on ne vend que de la camelote», c'est ça que mon père dit tout le temps.

- Fais pas cette tête-là! C'est pas des vêtements! C'est des bonbons.
- Des bonbons?
- Allllloooo! La terre appelle Fanny! C'est Halloween demain! Ben quoi, vous êtes trop cool pour fêter Halloween à Montréal, je parie?
- Hahaha. Très drôle, Léonie.

Léonie commence à être assez à l'aise avec moi, je trouve.

Mais j'aime ça.

Elle a mangé une tablette entière de chocolat pendant que j'essayais de lui expliquer que je savais pour la clef, et qu'Henri savait lui aussi, et qu'on savait TOUS, en gros, que c'est une clef qui sert à ouvrir un coffre-fort!!! Là, j'ai dit…

Stop, Léonie.
Je sais que c'est fou cette histoire de clef
et «d'hypothétique-on-sait-pas-encore-trésor»,
mais tu vas quand même pas manger une autre
tablette de chocolat!

Léonie a eu l'air de réaliser qu'elle venait de se préparer une bonne crise de foie. Mais l'important, c'est qu'elle a quand même trouvé la force de m'expliquer OÙ elle avait trouvé la clef.
- Quand t'es partie fâchée, le soir où ma mère t'a donné les photos de ta famille… Ben, y a une clef qui est tombée de l'album pendant que tu te disputais avec ma mère.
- Enfin, je me «chicanais» pas avec ta mère! Mais continue.
- Ben… c'est tout ce que je sais! J'te le jure, Fanny! J'ai ramassé la clef sans que ma mère s'en aperçoive, puis je suis venue te voir, mais tu

voulais rien savoir !
- Quoi ? Tu penses que ça se pourrait qu'elle ait appartenu à ma mère, cette clef-là ?
- En tout cas, si on n'y va pas, on le saura jamais !

Ça m'a troublée de penser à ça.
Oui parce que Léonie disait peut-être vrai,
au fond.

J'ai pensé :
j'ai jamais rien eu

qui ait appartenu à ma mère, moi.

Léonie avait déjà l'air d'avoir pensé à tout, alors normal, je voulais entendre la suite. (Je me suis dit qu'elle avait sûrement pensé à un plan.)
- OK… mais on fait quoi maintenant ?
Léonie s'est levée et m'a regardée droit dans les yeux.
- On y va.
- Où ça ?
- À la BANQUE.
- Quoi, là ?
- Ben non ! La banque est fermée, là ! Non. Écoute. On va trouver une excuse demain pour pas aller à l'école. On va dire… euh, on va dire qu'on est malades. Ouais, c'est bon ça. Et si Lorette veut prendre ta température, t'auras juste à lui dire que tu vas vomir si elle met un thermomètre dans ta bouche, OK ?
- Toi, Léonie Gingras, tu veux sécher les cours ?
- Ouais. Et toi aussi tu vas le faire ! On va savoir ce qu'il y a dans le coffre-fort de ta mère.
J'ai pris un moment pour réfléchir, même si, au fond, je savais déjà la réponse.
- OK, on le fait.

Silence.

- Mais euh, dans ton super plan, Léonie, on se rejoint où, et quand ?
- On se rejoint au stop, celui juste en face de la banque. À 8 h 55. OK ?

J'étais abasourdie par la détermination de Léonie. On aurait dit que toute une partie d'elle se révélait à moi, là, sous mes yeux.

P.-S.
Léonie est la fille la plus cinglée de la terre quand elle a une idée dans la tête :)).

Bon.
Je m'en vais me coucher, journal !
Je te raconte TOUT demain, quand on revient de la banque !!!!!

Fanny xxxxxx

Lundi 31 octobre

Partie 1
ÉCOLE BUISSONNIÈRE.

Lorette n'y a vu que du feu.

À 7h35, quand Lorette a (enfin) réalisé que j'étais encore au lit, j'ai eu l'idée de lui dire que j'avais mal digéré le macaroni chinois de la veille (celui qu'elle avait mis dans mon lunch et que j'ai même pas mangé parce que c'était de la pizza à la cafétéria).

- Ouchhhhh, ça fait mal, Lorette, ça fait trop mal…
- Mais je comprends pas, Henri avait du macaroni chinois, lui aussi, dans sa boîte à lunch, hier ! Je comprends pas !
- Pourtant, il était bien bon, ton macaroni chinois, Lorette.

Là, elle m'a souri – je commence à la connaître, Lorette, et il n'y a rien qu'elle aime plus dans la vie que de se faire dire qu'elle cuisine bien !

- Dis donc, faut croire que vous avez l'estomac plus fragile à Montréal ! Je vais aller appeler ton directeur. Mais ça va aller de rester toute seule ici toute la sainte journée ?
- Hum-hum…
- Bon, ben, y a *Les jeux de l'amour* à 11h00 à la télé, si tu trouves le temps trop long !

Même pas eu besoin de lui dire qu'un thermomètre enfoncé dans la gorge me donnerait mal au cœur. Lorette a remonté ma grosse couverture jusqu'en dessous de mon nez et elle est partie travailler ! OUF.

À 8h53 tapantes, j'étais à mon poste.

Le stop juste en face de la banque de Sainte-Lorette.

101
R.D.V.

LÀ. CE STOP-LÀ. 8h56.

8h59.
9h03.
...

Quoi ? Léonie m'a quand même pas oubliée, j'espère ?

9h06.

- Bon, enfin ! que j'ai dit à Léonie, en la voyant arriver aussi essoufflée que si elle venait de courir un triple marathon.
- J'ai, j'ai... ma mère...
- Respire, Léonie, respire.
- Ma mère a décidé de pas aller travailler aujourd'hui ! Ça arrive jamais ! Comment tu voulais que je m'en doute ! Donc quand je lui ai dit que j'étais malade, elle est venue s'asseoir au bout de mon lit avec son nouveau livre de recettes, et puis elle m'a caressé les cheveux pendant vingt minutes !
- Elle est où ta mère, là ?
- Elle a dit qu'elle partait faire des courses pour sa recette. Donc si mes calculs sont bons, j'ai une heure TOP CHRONO devant moi.
- Mon Dieu ! OK, on y va.

Léonie et moi, on s'est mises à marcher vers l'entrée de la banque. Je me sentais comme une voleuse. Amateure, disons. Oui, bizarrement, j'avais la drôle d'impression qu'on s'en allait faire quelque chose d'interdit. Bizarrement, parce qu'au fond, j'avais tous les droits d'entrer dans cette banque avec cette clef qui, je le répète, appartenait à ma mère.

*** MARIANNE FORTIER ***

Au moment où on allait entrer, une voix provenant du buisson juste à côté de nous nous a interpellées.

- Je l'savais que c'est ça que vous alliez faire !
- Quoi ? Qui parle ? que j'ai dit.
Hé, si on se fait prendre ici,
c'est pas 2 semaines de punition que je vais avoir,
mais 6 mois !

HENRI.
(ARGGGG...)

Henri s'est extirpé du buisson et, en retirant les épines qui s'étaient enfoncées dans son gros pull en laine jaune moutarde, nous a vaguement menacées de nous dénoncer, si on ne le laissait pas entrer avec nous. Il s'est frotté les lunettes (pour se donner du courage, je parie).

- C'est votre choix, les filles…
- Arggggg. Ton demi-frère est vraiment une tache, Fanny.
- Hé, c'est juste mon cousin, on n'a même pas de lien de sang !

Léonie et moi, on s'est regardées et on a tout de suite compris qu'on n'avait pas le choix de laisser Henri venir avec nous. Mais juste avant de pousser la porte de la banque, je l'ai averti bien comme il faut :

- T'as intérêt à pas faire rater notre plan, Henri-les-lunettes.

Léonie,
elle
s'est contentée d'un…

- Ouais.

Partie 2
B POUR B
ANQUE.

J'ai compris tout de suite que le préposé de la banque sur lequel on était tombés, dans son complet brun et sa coupe des années 50, ne nous rendrait pas la tâche facile.

Désespoir.

- *Vous êtes pas un peu jeunes vous pour avoir une clef comme celle-là?*

Léonie m'a donné un petit coup de pied en dessous de la table et m'a regardée genre :

De quoi il se mêle lui?!

Je commençais à angoisser, et à réaliser à quel point je tenais au fond de moi à découvrir le contenu de ce coffre-fort.

Si ma mère a un jour pris
la peine
de cacher quelque chose ici
à la banque
c'est parce que c'était quelque chose
qui compte

CLAIREMENT.

Je tenais la clef serrée contre mon cœur, pendant que le préposé de la banque nous examinait de la tête aux pieds. Je tenais cette clef fermement, comme si, pour la première fois de ma vie, j'avais accès à ma mère.

À ma mère, ou du moins
à ce qu'il restait peut-être

d'elle.

- *Et vous êtes pas censés être à l'école, à cette heure-ci ?*

Heureusement, Henri a sauvé la situation. Léo en revenait encore moins que moi, je pense ! Mais il a fait ça comme un pro, et je l'avoue, j'étais quand même impressionnée.

***Ben quoi ? Faut rendre à César ce qui est à César !**

- Sauf votre respect, monsieur, le principe d'une clef comme celle-là, c'est qu'elle permet à son propriétaire d'ouvrir le coffre. On est dans nos droits, et on est très pressés parce que oui, on a école, figurez-vous. Et même que… quand ce sera le moment… On voudrait un peu de… d'intimité s'il vous plaît.

Wow. Ben dis donc. Henri a su se rendre utile, on dirait ! Le monsieur s'est exécuté et, sans ajouter un mot de plus, nous a conduits dans une grosse pièce immaculée tout argentée. Avant de refermer la porte, il nous a regardés (hésitant encore un tout petit peu).

- Eh bien… Prenez… tout le temps qu'il faut.

- Ici, a dit Léonie.

Henri et Léonie m'ont laissée m'avancer seule, comme pour me donner l'espace dont j'avais besoin pour encaisser…

on-ne-savait-pas-vraiment-quoi-encore.

J'ai décollé la clef de ma poitrine, je l'ai enfoncée dans la serrure, puis j'ai tourné. Et juste là, derrière la porte, il y avait une espèce de longue, longue boîte rectangulaire métallique. Je l'ai prise. Henri et Léonie m'ont regardée comme si rien ne serait plus comme avant.

J'ai ouvert la boîte.

LA BOÎTE
CONTENAIT
UNE AUTRE
CLEF.

Hein ?

UNE AUTRE CLEF ?

**On est restés là, tous les trois, à contempler la clef toute rouillée, en se disant que la situation devenait juste trop...
étrange.**

Tu vas trouver ça bizarre, journal, mais après ce qui nous est arrivé dans cette banque, j'avais le drôle de sentiment qu'Henri, Léo et moi, on avait été soudés d'une manière inexplicable par cette histoire. Mais on n'a pas eu le temps de se parler de quoi que ce soit de, disons… trop sentimental. Parce que la seule question qui nous hantait, c'était : comment ça va finir ?

On a pensé que le mieux à faire était de retourner à l'école et de dire à tout le monde qu'on se sentait mieux finalement (sauf pour Henri qui n'aura pas le choix de se trouver une méchante bonne excuse ce soir !). On était tellement absorbés par cette histoire de « clef qui mène à une autre clef », qu'on avait oublié que c'était Halloween. Résultat, on était les SEULS pas déguisés.

Ah, je sais ! Il aura juste à dire que le macaroni chinois l'a rendu malade lui aussi !!!

Tommy, qui ne se déplace jamais sans sa bande d'imbéciles, s'est placé droit devant nous dans son costume de joueur de foot (wow, comme c'est o-ri-gi-nal, ça). On s'est arrêtés de marcher parce qu'on n'avait pas vraiment le choix.

- Laissez-moi deviner… Ah oui ! Vous êtes déguisés… en losers. C'est ça ?
- Pousse-toi, face de pet, que je lui ai dit.

Là, Henri (au lieu de se ranger du côté des gars) a pris une bonne respiration et a envoyé la réplique du siècle à Tommy !
- Je suis pas sûr, Tommy, mais laisse-moi deviner… T'es déguisé en joueur de foot parce que t'arrives pas à en être un VRAI, les 364 autres jours de l'année ? … C'est ça ?

BOUM !

J'étais fière de mon cousin / pas cousin !

(Bon. Mon père dit toujours « qu'une erreur avouée est à moitié effacée », ou quelque chose du genre. Alors… je l'avoue : je commence vraiment à me demander si je ne me suis pas trompée, au sujet d'Henri. En tout cas, je sais une chose : sans lui, Léo et moi, on n'aurait JAMAIS réussi à entrer dans cette banque et on n'aurait jamais mis la main sur cette clef. Et puis, il est pas si nul que je pensais, Henri. C'est ça que j'essaie de dire. Il est même assez cool, au fond. Ouf. C'est dit. Je me sens déjà un peu moins coupable d'avoir dit autant de choses négatives sur lui dans mon journal. Mais on en reparlera plus tard.)

La cloche a sonné. Tommy et sa bande d'imbéciles costumés sont partis de leur côté. J'ai apostrophé Léonie et Henri au moment où on allait se séparer pour le début des cours.

- J'ai vraiment besoin d'aller au bout de cette histoire-là, vous comprenez ? J'ai comme l'impression que c'est pas un hasard si je me suis retrouvée ici. Et que ma mère a peut-être quelque chose à me dire, au fond.

Henri et Léonie ont hoché la tête et ça voulait dire, genre : *Promis, on te laissera pas tomber, Fanny.* Puis, on s'est quittés en se promettant de se retrouver à 18 h chez Léonie, pour faire le point sur cette histoire de clef (et euh, pour ramasser des bonbons aussi).

Partie 3
ALLER DANS UN CIMETIÈRE À HALLOWEEN, C'EST FLIPPANT.

- Bon sang, Henri ! Ce que tu peux être lent !

Ce soir, quand Henri est sorti de sa chambre avec son « pseudo-déguisement », tout ce que j'ai vu quand il a ouvert la porte, c'est un gars enfoncé dans un sac poubelle.

- Ça t'a pris 45 minutes pour te déguiser en sac poubelle ?
- Je me sens con quand je suis déguisé. Donc, je suis un chasseur qui porte un sac poubelle.
- T'es zarbi, c'est officiel, que j'ai dit, en me dirigeant vers la porte de la maison.

Une fois dehors, malgré le soir qui nous plongeait dans l'obscurité, j'observais Henri du coin de l'œil.

- T'as pas tes lunettes, Henri-les-lunettes.

Silence. Henri attendait quelque chose comme un verdict, un compliment (j'y suis allée franchement).
- Ça te va bien, pas de lunettes. Je veux dire, si t'étais pas déguisé en sac poubelle, t'aurais l'air presque…
- Presque quoi ? qu'il m'a demandé, trop enthousiaste à mon goût.

J'ai pensé presque beau, mais j'ai dit…
- Presque rien.
Silence. Henri aime pas les silences.

- J'ai fabriqué deux autres sacs poubelle pour Léonie et pour toi… Pour plus tard.
- J'en veux pas! Mon déguisement de «pacifique-féministe» est par-fait.
- On annonce 10 millimètres de pluie, madame la militante.
- Bon sang, marche plus vite! Léonie va nous attendre!

Henri a accéléré le pas, mais j'ai étrangement ressenti le besoin de le retenir.
- Hé…
- Quoi…
- Je t'appellerai plus comme ça.
- Comment?
- Ben… Henri-les-lunettes.

Henri a rien dit, mais son sourire style gêné avec ses yeux qui sont allés balayer le sol voulaient dire qu'il était content. C'est à cet instant précis, je crois, que j'ai compris qu'on était devenus des amis. Et j'avoue que j'étais contente. Vraiment, vraiment contente, même. Bon. Trêve de sentiments parce que la suite est trop importante!!

On devait rejoindre Léonie à l'entrée du cimetière Grand Hatley, avant d'aller sonner aux portes pour des bonbons. *C'est la tradition,* qu'Henri m'a expliqué, quand je lui ai dit que moi, ben je trouvais ça vraiment flippant d'aller dans un cimetière le soir d'Halloween.

- Le 31 octobre, tout le monde a toujours fait ça, c'est tout!
- Tout le monde a toujours fait quoi, au juste?
- Ben… aller jusque chez le vieux Birgman.
- Le vieux QUI?

- Le vieux Birgman !

LES GENS
DE SAINTE-LORETTE
SONT FOUS

Ça aussi, c'est
OFFICIEL.

VIEUX BIRGMAN

Le vieux Birgman a fait construire sa maison à l'entrée nord du cimetière. Il vit là, tout seul.

Paraît que le vieux Birgman sort **JAMAIS** de chez lui, sauf pour aller à la messe de Noël. Beau temps mauvais temps, habillé d'un long imper noir, il marche ce soir-là dans les rues de Sainte-Lorette, sans rien dire. À personne.

J'ai jeté un coup d'œil à la vieille maison qu'on pouvait apercevoir, au bout du cimetière. Puis, j'ai écouté Henri continuer son histoire, même si j'étais pas du tout certaine d'aimer ça.

- Le vieux Birgman a un jardin dans sa cour. Chaque année, à la même heure, on attend qu'il éteigne sa lumière et qu'il aille se coucher au deuxième étage. Et c'est LÀ qu'on le fait.

J'étais pas du tout certaine de comprendre.

- Là qu'on fait quoi ?

Le visage d'Henri, à demi éclairé par la pleine lune, n'avait rien pour me rassurer.

- Piquer ses citrouilles.
- Vous êtes malades.
- Je sais, mais tout le monde le fait.

Henri a laissé un grand silence planer entre nous, puis il s'est mis à se moquer de moi comme d'habitude.

- T'as peur, Fanny Cloutier ! Regarde ton visage, t'es devenue toute blanche !
- Pfff. J'ai pas peur. J'ai froid.

J'ai regardé ma montre, en m'impatientant.
- Dis donc, elle est où Léonie ? Ça fait vingt minutes qu'elle devrait être arrivée.

Au moment où je me disais que je commençais sérieusement à ne plus sentir mes orteils, Léonie nous a fait sursauter en sortant du cimetière et en nous apostrophant avec un ton beaucoup trop solennel.
- J'ai trouvé sa tombe.

Là, j'ai réalisé que nos Halloweens dans les rues du Plateau, à Montréal, étaient de la petite bière, à côté de celles de Sainte-Lorette.
- Léonie, arrête. Tu me fais peur.
- Mais non, je veux pas te faire peur, je parle de… ben, de la tombe de ta mère.

Je n'avais JAMAIS pensé que ma mère pouvait encore
être « physiquement »
quelque part.

Et puis mon père ne m'a
JAMAIS
emmenée visiter sa tombe.

Alors comme ça, j'ai oublié d'avoir peur de l'histoire du vieux Birgman, et j'ai suivi Léonie. Henri nous a emboîté le pas, préférant sans doute ne pas rester tout seul à l'entrée du cimetière.

On cherchait, sans la trouver. Et plus on zigzaguait entre les tombes, plus Léonie semblait désemparée.

- Je la retrouve plus ! J'te jure, Fanny, elle était là, je l'ai vue !

Moi, je regardais autour de moi. Je n'avais jamais mis les pieds dans un cimetière, avant. Je pensais…

C'est étrange qu'à côté de certains noms, il n'y ait que des points d'interrogation.

Je serais horrifiée de devenir un jour anonyme au point qu'il n'y ait que trois petits points d'interrogation à côté de mon prénom.

Tiens,
juste ici.

Comme ça.

La pluie qui s'est abattue sur nous en catastrophe m'a rappelée à la réalité.
- C'est pas grave, Léonie ! On reviendra ! Il pleut vraiment fort !

Henri a sorti les deux sacs poubelle qu'il avait découpés pour nous et on a accepté de les enfiler en se disant qu'on garderait notre orgueil pour une autre fois. Alors que nos pieds s'enfonçaient dans la terre ramollie par la pluie, un gros morceau de citrouille est venu percuter la jambe d'Henri, qui a poussé un cri d'enfer.

- Aïe !!!

On s'est arrêtés NET

et la même idée,
au même moment,
nous a traversé l'esprit.

Ça se voyait dans nos yeux qu'on redoutait la même chose. On était là, à tourner depuis vingt minutes comme des imbéciles à 10 mètres de sa maison :

LE VIEUX BIRGMAN

- *La lumière de sa maison est allumée,* a dit Henri.
- *Ça veut dire qu'il est peut-être plus dans sa maison !* a ajouté Léonie.

Là, je sentais plus le froid.
Je sentais même plus mes idées
aller et venir dans ma tête
tellement la peur prenait toute la place.

Puis, un autre gros morceau de citrouille nous a percutés comme ça, *BAM*. Léonie hurlait et moi je hochais la tête de gauche à droite comme si ça avait une quelconque chance de nous aider ! On a piqué une course pour traverser le cimetière d'un bout à l'autre en courant dans nos sacs poubelle détrempés. Léonie a trébuché sur une branche d'arbre et on a alors vu tout son corps être projeté d'un mètre vers l'avant.

- Ouuuuch. Ma jambe ! Je pense que j'ai la cheville foulée.

Moi,
je pensais juste au vieux Birgman qui devait nous avoir suivis.

- Debout, Léonie, tu peux le faire… Je sais que tu peux le faire.

Henri a pris Léonie sur son dos et on a continué de filer vers la sortie aussi vite qu'on a pu.

Une fois sortis du cimetière,
une fois notre souffle repris,
une fois la peur dissipée

(les doigts engourdis, comme après les grands cauchemars),
on s'est mis à réfléchir.

- C'est pas SON cimetière. J'ai bien le droit d'aller voir ma mère si je veux !
- Je comprends pas ! Le vieux Birgman sort jamais de sa maison. Comment il aurait pu…
- J'ai maaaaal à la cheville. Ma mère va me tuer quand elle va savoir qu'on est allés dans le cimetière.

Partie 4
Finale sans point final.

On a laissé faire la cueillette de bonbons et on est allés finir la soirée devant trois sodas au Quille qui va gagner. André était là et on n'a rien osé lui dire à propos du vieux Birgman et de ce qui s'était passé au cimetière. Mais il a dû sentir quelque chose parce qu'en nous voyant, il a dit : *Bon sang ! On dirait que vous avez vu un fantôme, vous autres !*

Il a été assez gentil pour ramener Léonie chez elle. Mais, à voir l'expression de Sylvie, quand elle a ouvert la porte de la maison, la soirée de Léonie n'avait pas beaucoup de chances de mieux se terminer qu'elle avait commencé !

- Léonie Gingras, t'étais où ? Il est onze heures moins le quart !
- Tu me croiras pas si…
- Hé ! Si j'apprends que t'es allée traîner à Grand Hatley pour embêter le vieux Birgman, Léonie, je sais pas ce que je…

André a apostrophé Sylvie, depuis la fenêtre de son pick-up (Henri et moi, on était à demi cachés à l'arrière).
- Ne la gronde pas trop fort… On faisait pareil quand on était jeunes !

La mère de Léonie, qui habituellement est la personne la plus sympathique en ville, a refermé la porte sans même lever les yeux vers André.

NOVEMBRE

Mardi 1er novembre

La tête vraiment ailleurs.

Je commençais par la géo ce matin. J'avais pas DU TOUT envie que Mme Lizière me parle du plus long fleuve d'Afrique, non pas du tout. Toutes mes pensées étaient occupées ailleurs.

ELLES ÉTAIENT LÀ..
MES PENSÉES.

Je ne comprenais toujours pas pourquoi le vieux Birgman avait voulu nous chasser à coups de citrouilles de son cimetière. Mais surtout, je commençais à me dire qu'on n'arriverait peut-être jamais à découvrir pourquoi ma mère avait pris la peine de cacher une clef dans le coffre-fort d'une banque.

Une petite boule de papier est venue rouler jusqu'à mes pieds. J'ai tourné la tête et j'ai vu Henri qui me chuchotait : *de Léonie*...

J'ai déplié le papier.

Salut, vous deux.
Au moins une bonne nouvelle : ma cheville est pas foulée.
Mais on ne pourra pas se voir pendant une grosse semaine parce que ma mère a appris qu'on est allés au cimetière hier soir.

[Ordi ET tel confisqués + devoirs + pyjama au menu : aaarrKKK.]

Donc on va devoir attendre un peu avant de continuer nos recherches. Désolée.

Léonie xxx

Bon.
À plus tard, journal...
Fanny x

Mardi 15 novembre
(journée pédagogique)

PRENDS MON VÉLO et rejoins-moi à la bibliothèque municipale !

Avec les examens de mi-session qui arrivent et le temps qui file, j'avais presque oublié de penser à cette histoire de clef. Mais Henri vient tout juste d'arriver avec du nouveau.

DU **GROS** NOUVEAU.

14 h 30. J'étais assise sur le perron de la maison dans un pull en laine XXL et je survolais des passages du livre d'Anne Frank, que je ne me lasserai jamais de relire, quand Lorette a mis le nez dehors pour me parler.

- Mon Dieu Fanny, il fait 8 degrés et puis toi, tu lis dehors ! Les jeunes, hein ! Vous trouvez tout le temps le moyen de faire différemment.
- Je suis bien, moi, comme ça.

Lorette m'a tendu le téléphone.
- C'est Henri, il veut te parler.
- Henri ?

J'ai saisi l'appareil et Lorette s'est éloignée en marmonnant quelque chose du genre…

Je le savais
qu'ils finiraient par bien s'entendre,
ces deux-là !

J'ai refermé la porte de la maison (pour l'intimité).

- Allo ? Henri ?
- Faut que tu viennes me rejoindre maintenant.
- Où ça… Qu'est-ce qu'il y a ? T'as l'air bien énervé, dis donc !
- Je vais t'expliquer, mais prends mon vélo et rejoins-moi à la bibliothèque municipale. *Go !* Et puis monte aux archives ! Léonie est en route.

J'ai pris le vélo d'Henri
et je suis partie.
Je te raconte la suite dans 1 seconde, journal.

Mardi 15 novembre
(suite)

Le mystère du 24 octobre 2006.

J'ai pédalé aussi vite que j'ai pu sans même ralentir aux feux rouges. Je suis entrée en trombe dans la bibliothèque, mais un garde a attrapé le bout de mon pull pour ralentir ma course.

- Pas si vite, mademoiselle. On est dans une bibliothèque ici, pas dans un centre commercial !
- Oui, pardon. Pardon vraiment. Je marche là, regardez-je-marche !

J'ai levé les yeux.
La bibliothèque était tout simplement IMMENSE.

Juré. La bibliothèque municipale de Sainte-Lorette ressemble à celles des films anglais ! Des livres à perte de vue et sur genre quatre étages ! J'ai monté le grand escalier central pour suivre un panneau qui indiquait :

« Centre des archives régionales ».

Une fois en haut, j'ai vu Léonie qui semblait encore plus essoufflée (et perdue) que moi.

- Léo!
- Salut. Hé, ton demi-frère ferait mieux d'avoir une sacrément bonne raison! J'étais en train de faire des carrés aux Rice Krispies.
- Arrête avec ça. C'est PAS mon demi-frère... C'est même pas mon cousin! Viens, c'est là-bas.

On a rejoint Henri qui était assis, tout seul, au milieu de la salle d'archives. Partout autour de lui, des classeurs numérotés. J'ai trouvé qu'il avait l'air songeur. Moi, j'étais jamais allée dans un endroit pareil. Pour te dire la vérité, journal, je pensais que ça existait que dans les films, ce genre d'endroit.

Henri nous a expliqué que chacun des casiers contenait des boîtes qui elles, renfermaient tous les articles de journaux parus dans l'histoire de Sainte-Lorette, classés par date de publication. Henri s'est dirigé vers un des casiers.

- Vous croirez pas ce que j'ai trouvé. Venez voir.

Il s'est mis à parler tellement vite que j'avais du mal à le comprendre. Il a commencé par dire: *«Les filles...»*, pour qu'on ouvre bien les oreilles.

- Hier soir, je réfléchissais et j'arrêtais pas de me dire que c'est vraiment bizarre que mes parents aient fait comme si vous existiez pas, ton père et toi, toutes ces années-là. Je me suis dit, il y a quelque chose qui marche pas là-dedans. Donc je suis allé voir ma mère, et je lui ai demandé de me raconter ce qui était arrivé à ta mère. Je lui ai dit que je voulais seulement comprendre pourquoi elle m'en avait jamais parlé avant, et surtout, pourquoi t'étais jamais venue nous voir à Sainte-Lorette. Je veux dire, en 11 ans... même pas une seule fois?! Ben vous savez quoi? Plus je lui posais de questions, MOINS elle voulait répondre. Elle m'a juste dit genre...

C'était un accident, Henri.
Un accident bête, c'est tout ce que t'as besoin de savoir.
Ça sert à rien de déterrer des vieilles histoires tristes.
Puis Fanny a pas besoin de ça, en ce moment…
Nous non plus.

J'écoutais Henri parler trop vite et au bout de quelques phrases, je n'entendais même plus ses mots. J'ai alors réalisé que j'étais épuisée de courir après une soi-disant vérité sans que ça n'aboutisse jamais à aucune vraie réponse.

J'étais là,
au milieu d'une dizaine de classeurs chiffrés
qui me donnaient le tournis, et je pensais :
je suis fatiguée
d'être déçue.

J'ai donc été un peu bête avec Henri.
- Ouais, et puis ! que j'ai dit.
- Ben, je me suis dit que j'allais aller voir moi-même ce qui avait été écrit dans les journaux, le lendemain du décès de ta mère.

Là, Henri a fait tourner la manivelle du classeur et on s'est retrouvés tous les trois au milieu de deux immenses couloirs remplis de boîtes.
- T'avais trois ans, quand ta mère est décédée, pas vrai ?
- Hum-hum.
- J'ai épluché tous les journaux de l'année 2006. Ta mère est décédée le 24 octobre 2006.
- Je sais tout ça, Henri.
Henri a vu que mes yeux étaient pleins d'eau, mais il a continué quand même.

- OK, mais regarde ça.
Là, j'ai senti mes jambes ramollir. Si Henri nous avait fait venir jusqu'ici, c'était pour une bonne raison. Je l'ai laissé continuer, j'avais plus le choix.

- Tous les articles du 24 octobre 2006 ont été déchirés en deux. TOUS les articles, Fanny. Il ne reste qu'une seule photo. Juste ici, regarde.

J'ai pris le journal pour voir de plus près.

Un quai,
une ambulance,
des phares de police et même
des rubans jaunes sur lesquels il était inscrit
«Interdiction de passer»
comme sur les grandes scènes de crime.
Et en dessous de la photo:
RIEN.
Juste un début d'article
...

déchiré.

Henri avait raison.
La même partie de TOUS les journaux du 24 octobre 2006 était… manquante.

Respire, Fanny.
Respire, que je me suis dit.

Lorettevillois
FOX'S Glacier MINTS
FEU AU LAC
Une fillette et son père, sauvés

- Faut que je parle à mon père.

Léonie, qui était restée à l'écart, s'est levée d'un bond. Sa voix tremblait.

- Non, Fanny. Si tu parles à ton père, il va encore te dire n'importe quoi. Tu vois pas qu'il y a quelque chose qui marche pas dans tout ça ? On leur laissera pas une autre chance de te mentir.

Personne ne m'a vue parce que j'avais les yeux rivés sur la photo,

mais je pleurais,
journal.
Beaucoup en plus.

Mais tu sais, c'était plus que de la peine.
C'était autre chose.
Quelque chose comme de l'impuissance.

Henri s'est approché de moi.

- Léonie a raison. Si ton père avait voulu que tu saches la vérité, il te l'aurait déjà dit. Et ma mère aussi, elle me l'aurait dit. Mais personne a rien dit. Tout le monde sait, mais personne parle.

J'ai essuyé mes joues, puis je me suis retournée vers mes deux amis. Leurs yeux disaient qu'ils seraient là, quoi qu'il arrive. Et puis je savais, au fond de moi, que ce serait une erreur de reculer.

Alors,
pour ma mère, et aussi pour moi je suppose,
j'ai pas reculé.

- Vous avez raison. On peut plus faire confiance à personne, à partir de maintenant. Je sais pas exactement ce qu'on cherche, mais on va le trouver.

J'ai pris les journaux des mains d'Henri. Je m'en foutais bien que ce soit interdit de les emporter alors je les ai tous mis sans exception dans le fond de mon sac. On a quitté la bibliothèque avec nos pièces à conviction et surtout,

avec une tonne de points d'interrogation
dans nos têtes.

Mardi 22 novembre

Une fille comme Fanny.

On a pris l'habitude de manger nos sandwichs sur les marches du petit magasin qui se trouve juste à côté de l'école parce que personne n'y va jamais à part nous.

(Sauf aujourd'hui, purée.)

On y va pour être tranquilles.
On y va pour avoir la paix.

Parce que même si on a épuisé absolument TOUT ce qu'on pouvait dire à propos de cette histoire de journaux volés, Léonie, Henri et moi, on ne discute que de ça à toutes les minutes de nos vies.

Ces trois dernières semaines, je te jure, journal, on a retourné la question dans tous les sens une bonne centaine de fois au moins.

Qu'est-ce qui s'est RÉELLEMENT passé le 24 OCTOBRE 2006 pour qu'une personne veuille EFFACER toute trace de l'accident de ma mère ?

C'EST
INEXPLICABLE

Ce midi, Léonie a mangé son sandwich debout devant nous, avec un air proche de la dépression totale.

- Je suis fatiguée de ne rien comprendre. C'est VRAIMENT décourageant.

Henri, assis sur son skate, faisait craquer ses doigts (à cause de la nervosité).
- Arrête, Léonie. Si on laisse tomber maintenant, on aura fait tout ça pour rien.

Là, cet imbécile de Tommy est arrivé devant nous et a lancé son ballon en plein dans le ventre d'Henri.
Tommy : Laisser tomber quoi au juste ?
Moi : Mêle-toi de tes affaires, face de pet.
Tommy : Hé, Henri, j'suis du genre curieux... Tu flashes sur laquelle des deux ?

Henri a pas répondu. Tommy s'est approché de moi.

Tommy : Fanny, je parie.
Henri : Et qu'est-ce que ça pourrait te faire, Tommy ? C'est vrai que... y a pas beaucoup de chances qu'une fille comme Fanny s'intéresse un jour à toi. Surtout si tu finis comme ton père.

Là, Henri a relancé le ballon à Tommy, qui l'a attrapé de justesse.

Tommy : Pfff. Pauvre con. Tu parles encore une fois de mon père, c'est pas un simple ballon que tu recevras en pleine figure.

Tommy s'est avancé vers Henri, juste assez près pour que son avertissement sonne comme une vraie de vraie menace. Ça se voyait qu'Henri mourait d'envie de répliquer, mais il s'est retenu (de toutes ses forces, je pense). Puis, Tommy a craché un gros tas de salive par terre (berk) et il a donné un coup de pied sur le skate d'Henri, avant de retourner vers l'école.

P.-S.
Léonie m'a expliqué que le père de Tommy travaille dans une mine qui se trouve à 200 km au nord de Sainte-Lorette. Paraît qu'il revient seulement une fois toutes les deux semaines et que tout ce qu'il sait faire (quand il n'est pas en train de chercher de l'or), c'est crier et boire de la bière.

P.-P.-S.
J'arrêtais pas de penser à ce qu'Henri venait de dire: «Une fille comme Fanny». Il voulait dire quoi, au juste? Mais je me suis ressaisie. Qu'est-ce que ça peut bien me faire qu'Henri-les-lunettes me trouve belle ou laide... intelligente ou stupide? Ça m'est complètement égal. Non? Je veux dire, il est quand même un peu beau, faut le reconnaître, et oui il est de loin le meilleur ami gars que j'ai jamais eu, mais... Oh et puis laisse tomber, journal.

Bye.
Fanny x

Mercredi 30 novembre

Sophie est (un peu) revenue.

Sophie est revenue dans ma vie. Et elle l'a fait à travers une photo.

Une photo de robe à grosses rayures,
le genre de robe chic que tu mets une fois
et puis c'est tout.

Sophie m'avait pas écrit depuis… ?
Attends, journal, je vais aller voir dans les pages précédentes, je reviens.
(…)
C'est ça que je pensais. Sophie et moi on n'a pas échangé UN SEUL TEXTO depuis le 17 septembre dernier. Si mon compte est bon, ça fait 63 jours de silence radio entre ma meilleure amie et moi.

Ou ce qu'il me reste
de ma meilleure amie.

Sophie, en plus d'être une acheteuse compulsive-avec-budget-illimité, est le genre de fille qui n'arrive pas facilement à mettre des mots sur ses sentiments. Le genre qui brille fort, mais qui est refermée comme une huître quand vient le temps de parler des vraies choses. Je savais bien que cette photo de robe à rayures était synonyme de : *Saluuuuuuuuut. T'es en vie, Fanny ? Ou peut-être même… Saluuuuuut, tu me manques, mon amie.* Mais tout ce qui apparaissait, en plein centre de mon écran de téléphone, c'était une robe rayée (ordinaire, en plus).

OK, J'AVOUE
VRAIMENT
BELLE.

J'étais là, à attendre que Sophie ajoute quelque chose de plus substantiel qu'une photo. Ben quoi, journal, il faut un minimum d'orgueil dans la vie, tu crois pas ?

Ça a pris 4 bonnes minutes avant qu'elle se décide.

- Fanny ! Tu dis rien ?
- Je sais pas, tu voudrais que je dise quoi au juste ?
- Ben, n'importe quoi ! Ce que tu penses de ma nouvelle robe, au pire.
- Elle est rayée.
- ????????

Là, il y a eu un long silence. Il faisait moins 25 au bout de nos téléphones. J'essayais de trouver un truc un peu gentil à dire, mais c'est pas venu (assez vite).

- Je m'excuse de pas t'avoir écrit, Fanny. J'étais fâchée que tu sois partie sans me dire au revoir, et que t'aies l'air heureuse à 300 000 kilomètres d'ici.
- La bonne nouvelle, au moins, c'est que maintenant que j'habite à l'autre bout du bout du monde, y aura plus personne pour te copier.
- Arrête, je m'en fous… Ça va, là-bas ?
- Oui, en gros.
- Ben, allez, raconte.
- Je me suis fait deux amis, dont un gars que je trouvais con et laid au début, mais qui est vraiment cool en fait. Vraiment. Je veux dire, sans ses lunettes, je le trouve même mignon je pense ;).

AHAH.

JE PEUX PAS CROIRE QUE J'AI VRAIMENT ÉCRIT ÇA À SOPHIE !

- Fanny, t'es pas obligée de faire semblant que ça va…

Autre long silence.

- C'est quoi le problème, pourquoi tu dis ça? Je fais pas semblant de bien aller.
- C'est juste que ton père a appelé ma mère pour dire qu'il s'inquiète. Paraît que tu veux jamais lui parler au téléphone. Et que tu te serais même battue à ta nouvelle école… C'est vrai?

QUOI? Mon père a OSÉ appeler la mère de Sophie?! Et elle, après des mois de silence, m'appelle juste par, quoi? Par… pitié?

- Est-ce que c'est mon père qui t'a demandé de m'écrire?

Sophie a rien dit.

Mais le silence confirme beaucoup de choses dans la vie.

- Peu importe, soit dit en passant, toi non plus tu m'as pas appelée.
- Que mon père ou toi ou le monde entier me croie ou non, je me suis fait de VRAIS amis ici. Donc j'ai pas besoin de toi pour respirer ou m'habiller ou exister, OK? J'aurai au moins appris ça ici, à 300 kilomètres de toi.
- Je m'excuse, Fanny.
- …
- Vraiment.
- … Moi aussi.
- Je suis contente de te parler.
- Moi aussi, je suis contente de te parler.
- Donc comme ça, t'as flashé sur un gars?
- Euh pas vraiment! J'ai dit que je le trouve cool (ON-SE-CALME).
- T'as dit beau! Remonte lire ton texto :)))))).

- J'ai dit mignon. C'est pas la même chose. J'ai flashé sur quelqu'un, mais c'était sur mon prof, juré.
- OK. ÇA C'EST BIZARRE, Fanny.
- Mais non ! Tu comprendrais si tu le voyais :)). C'est pas un vieux !
- LOL. Je suis morte de rire devant mon téléphone en ce moment.
- Sophie Tremblay, tu dis RIEN de tout ça à qui que ce soit.
- Promis ! Je te laisse, la cloche vient de sonner !
- OK ! Bye !

La vie est loin d'être parfaite ces temps-ci.
Mais elle a pas tout le temps besoin de l'être, pour être belle.

Sophie est un peu revenue.
Mon amie me manquait.

Elle me manquait de partout et tout le temps
et je le savais même pas.

P.-S.

Je voudrais tout raconter à Sophie à propos des derniers mois. Lui dire que je pense que ma vie est un gros tas de mensonges (mais que j'en suis même pas certaine au fond) et que je me sens totalement vide rien que d'y penser une seconde. Mais on dirait que j'ai envie d'attendre qu'on se voie en vrai, Sophie et moi.

La vérité, journal, c'est que je crois que je veux attendre. Attendre de voir si on trouvera le moyen d'aller au bout de cette histoire. On dirait que je me protège. L'échec de notre mission sera sans doute plus facile à digérer s'il n'y a qu'Henri, Léonie et moi qui savons.

DÉCEMBRE

Lundi 5 décembre

RIEN DE NOUVEAU, JOURNAL. RIEN.

Je te reviens si ça bouge, promis.
Et ce que j'ai dit, sur Henri,
ça peut rester secret, OK ?

ATTENTION.
Si Sophie ouvre sa bouche à propos
de lui, je sais pas ce que je lui fais.

Mercredi 7 décembre

Leonardo DiCaprio
attendra.

- C'est l'hiver le plus froid depuis 1964, qu'ils disent à la télé ici, papa.

(Mon père, au téléphone)

Pffff, même pas vrai qu'il aimerait ça le voir.

- Pauvre chouette, toi qui aimes tellement l'été.
- Ma saison préférée, c'est l'automne, papa.

Je commence vraiment à penser que mon père et moi, on devient de vrais inconnus.

- Ah ? En tout cas ici, à Kyoto, on gèle ! Les portes des restaurants sont tellement minces, on dirait du carton ! Non, des feuilles de riz !
- Ben ici, ils ont déjà mis des lumières de Noël partout.
- J'aimerais voir ça. Ici, on est en train d'ouvrir toute une section dans un centre de recherches rien que pour moi, Fanny. Osaki Oukamono, tu sais je t'avais parlé de lui la dernière fois qu'on s'est parlé au téléphone ? Ben, il pense que mes travaux sur les méduses pourraient mener à un vaccin contre l'Alzheimer ! T'imagines ça, ma puce ?
- Hum-hum. C'est cool pour toi, papa.

Les méduses que mon père étudie vivent dans l'océan Indien et sont éternelles. Je te le jure, journal. Imaginons, là, qu'elles se coupent un tentacule, elles sont capables de le faire re-pous-ser. On les appelle les « méduses Turritopsis » et c'est tout ce que je sais pour l'instant.

C'est le genre de discussion qu'on a, mon père et moi, depuis quelques jours.

J'ose lui parler de rien. J'ai peur de me trahir à propos de…

« tout-ce-que-je-sais que-mon-père-ne-sait-pas-que-je-sais ».

J'ai encore raccroché vite parce que Léonie nous a invités à dîner chez elle, Henri et moi. Papa a le chic de tout le temps m'appeler à l'heure du dîner, aussi !

La soirée chez Léonie s'annonçait plutôt banale. Mais j'aime les vendredis ordinaires. Leonardo DiCaprio joue encore dans un nouveau film et Henri l'aime lui aussi, Léo. Sylvie, la mère de Léonie, avait acheté du pop-corn au caramel et commandé deux pizzas extra-larges pepperoni fromage (mes préférées depuis toujours).

J'avais terriblement envie de parler à Sylvie de cette histoire d'articles déchirés, mais je me suis retenue parce que Léonie m'a donné un gros coup de pied en dessous de la table, alors que je n'avais encore pratiquement rien dit ! J'avais juste posé une petite question de rien du tout.
- Elle était comment, ma mère, Sylvie ?

J'ai avalé ma pizza de travers en recevant le pied de Léonie en plein sur ma cheville. Mais trop tard. Sylvie avait entendu ma question et, contrairement à tous les gens qui ont connu ma mère, elle semble aimer parler d'elle.

- Marianne était comme… un gros rayon de soleil.

J'ai déposé ma pizza. Je voulais en savoir plus. Je voulais juste…

entendre
parler
de ma mère.

Là, alors qu'on ne s'attendait pas du tout à obtenir des infos substantielles, Sylvie, sans le vouloir, a ouvert une brèche importante. Une brèche qui, sans qu'on le devine sur le coup, allait nous permettre de bientôt aller au fond des choses.

- Elle était tellement drôle ! Aventurière, aussi. C'est moi qui lui ai montré comment faire de la voile la première fois, mais rapidement, c'est elle qui est devenue la meilleure de nous trois. On aurait dit que rien pouvait jamais l'arrêter.
- C'est qui, nous trois ?
- Ben, ton père, Hubert, Marianne… et puis moi.
- Tu connaissais mon père ? Je veux dire, tu le connaissais bien ?
- Ben oui ! On était des super bons amis, avant. On était tout le temps ensemble.

Encore un truc bizarre, j'ai pensé.
Mon père ne m'a
JAMAIS
parlé de Sylvie.

- Mais à part le voilier, elle… elle aimait quoi, ma mère ?

Sylvie a souri, comme si ma mère était juste là, à côté de nous.
- Elle aimait… les histoires. Je sais plus combien de fois elle nous a embarqués dans des aventures pas possibles ! Vous le savez peut-être pas, mais c'est elle qui… Oh, je devrais pas vous dire ça.
- Ah, maman ! T'as commencé, là ! a dit Léonie, en suppliant sa mère de poursuivre.
- Ben, c'est la mère de Fanny qui a lancé toutes les rumeurs à propos du vieux Birgman !
- Ma mère ?

En entendant ça, on s'est tout de suite regardés, Henri, Léonie et moi, genre :

Euh !
C'est vraiment pas des rumeurs.
Il nous a lancé des morceaux de citrouille à Halloween !

Mais je me suis retenue, uniquement pour ne pas causer d'ennuis à Léonie et parce que je voulais savoir la suite.
- Ta mère s'était même mis dans la tête de faire un quartier général dans la grange du vieux Birgman.

Henri s'est étouffé avec son verre de soda.
- Vous avez pas fait ça quand même ? qu'il a dit.
- Ben, je suis pas fière fière de ça, mais… oui ! Et pendant des années, en plus. Le père de Fanny et moi on aurait suivi Marianne n'importe où ! C'est fou, hein ?

Je voulais tout savoir, tout comprendre.

- Vous faisiez quoi au juste dans la grange du vieux Birgman ?
- On passait nos après-midi là, cachés, à jouer aux cartes et à se raconter des histoires d'horreur. On mettait même tout ce qu'on avait de précieux là-bas. C'était pas grand-chose, mais on s'amusait à penser qu'un jour, toutes nos affaires seraient retrouvées par des géologues du futur !
- Vous aviez pas mal d'imagination en tout cas, a dit Henri en essuyant sa bouche pleine de sauce tomate.

Puis, comme ça…

Léonie a eu l'air d'avoir une révélation.
- Maman, on a frappé à la porte.

- Hum ? Non, je pense pas, ma chouette, j'ai rien entendu du tout.
- Si, maman ! J'te jure, j'ai entendu frapper !
- Ben va ouvrir, Léonie !
- Avec l'histoire du vieux Birgman, j'suis pas sûre sûre que ça me tente, là…
- Bon, OK ! Je vais aller voir.

Sylvie s'est éloignée vers la porte.
Léonie s'est approchée de nous et a chuchoté avec beaucoup d'intensité :

- La clef qu'on a trouvée à la banque ! Je suis sûre que c'est la clef pour ouvrir la grange !
- Hein ?
J'étais pas du tout certaine de suivre Léonie dans ses suppositions.
- Ils mettaient toutes leurs affaires précieuses là-bas, Fanny ! C'est clair que c'est ça !
Henri a répondu nerveusement (il était aussi sceptique que moi) :
- Tu veux quand même pas qu'on aille chez le vieux Birgman pour voir si la clef fonctionne dans porte !

Léonie a rien dit, mais ses yeux disaient :

Je n'étais pas certaine de comprendre le plan (exact) que Léonie avait en tête.
- Quoi ? Tu veux y aller, là ?
- Bien sûr !

Henri (décidément le plus pragmatique de nous trois) nous a ramenées à la réalité.
- Les filles, on n'a même pas la clef... Elle est dans la cage d'Albert !

Je me suis retournée vers Henri et lui ai dit (un peu bête, je l'avoue) :
- Hein ? T'avais dit que tu la mettrais dans un lieu sûr ! C'est tout ce que t'as trouvé comme idée ?!
- Mais enfin, ma mère lave jamais la cage d'Albert... Techniquement, oui, c'est un lieu sûr.

Léonie s'est gratté la tête comme si ça avait une quelconque chance de l'aider à trouver une solution.
- On n'a pas le choix. On va aller la chercher avec nos vélos, et on va pas faire de bruit.

Henri et moi, on la fixait, genre : *OK, mais j'espère que t'es sûre de ton plan, Léonie Gingras.* Puis, Sylvie est revenue (alors évidemment on pouvait plus rien se dire).
- Tu vois, y avait personne ! Bon, on devrait aller finir cette pizza-là devant notre film, vous croyez pas ?

Léonie s'est levée et a posé (non, jeté) son assiette dans l'évier.
- Maman, euh... On vient de se rappeler qu'il y a une grosse fête au Quille qui va gagner. Fanny pensait que c'était vendredi, mais je viens de recevoir un texto et c'est ce soir, donc ce serait dommage qu'on la rate !
- Mais vous allez pas me laisser toute seule avec mon Leonardo DiCaprio ?!
- Ben... tu peux appeler Thomas LeBon, peut-être ? Hein ?

Je peux pas croire que Léonie a dit ça ! Elle qui voudrait tellement que ses parents reviennent ensemble. On est partis en coup de vent, et je pouvais pas croire qu'on s'en allait faire ce que je pensais que Léonie voulait qu'on fasse !

Étape 1: récupérer la clef.
Étape 2: se jeter dans la gueule du loup (alias, aller chez le vieux Birgman).

P.-S.
On a exécuté l'étape 1 du plan avec succès.
On a roulé à toute vitesse sur nos vélos et on est entrés sans faire de bruit dans la maison. Ça s'est avéré plutôt facile finalement, parce que Lorette était endormie sur le sofa, devant sa télévision pleine de neige. Henri a récupéré la clef dans la cage d'Albert pendant que Léonie et moi, on stressait dans l'entrée.

(Ouf parce que si Lorette s'était réveillée, on pouvait dire adieu à notre plan !)

(Suite…)

LA GRANGE DU VIEUX BIRGMAN.

- On pouvait pas attendre qu'il fasse clair dans ton plan, Léonie ?

Léonie et moi, on s'est retournées vers Henri et on lui a dit, avec une synchronicité presque parfaite :

NON

- OK…

Un frisson a traversé toute ma colonne vertébrale au moment où on a mis les pieds dans le cimetière de Grand Hatley. J'ai marché sur une branche et ça a fait un gros CRACK, mais je refusais de me laisser gagner par la peur.

Pas ce soir.
Pas maintenant.

J'ai serré la clef de ma mère contre mon cœur pour me redonner du courage ou quelque chose comme ça. Puis, au moment où on apercevait enfin la maison du vieux Birgman, la lumière de ma lampe de poche est allée se poser sur une des pierres tombales entre lesquelles on se frayait un chemin.

J'ai rien dit. Je me suis approchée de la pierre et j'ai enlevé ma moufle. Je voulais dégager la poussière venue se déposer sur les lettres de son nom, du nom de ma mère. Léonie et Henri se sont approchés de moi et ont rien dit eux non plus parce que c'est ce qu'on fait dans ces moments-là.

On dit rien.

Henri a posé sa main sur la mienne.
- On y va, que j'ai dit.

Henri a enlevé sa main parce que c'était plus trop approprié (et un peu gênant).
- T'es sûre ? qu'il m'a dit.

Je me suis remise à marcher, ça voulait dire *oui*. La grange du vieux Birgman se trouvait juste en arrière de sa maison. Une vieille chose en bois recouverte de dizaines de couches de peinture écaillée.

- Je me demande s'il est là, a dit Léonie en soufflant sur ses doigts pour les réchauffer.
- Bien sûr qu'il est là. Il ne va jamais nulle part, a dit Henri .

La clôture de bois qu'on a dû escalader pour traverser chez le vieux Birgman vacillait de l'avant vers l'arrière tellement elle était vieille et pourrie. J'ai été la première à passer. Quand mes bottes ont touché le sol, j'ai réalisé que je venais d'atterrir en plein dans le jardin. J'ai jeté un œil vers la maison. Une lumière pâle éclairait la chambre d'en haut, mais c'était tout.

Je me suis faufilée vers le côté de la grange. De là, j'aurais accès à la porte. Léonie et Henri marchaient chirurgicalement dans chacun de mes pas. Je pouvais sentir leur souffle, leur peur surtout.

- Grouille, Fanny ! Ouvre la porte ! a dit Léonie qui semblait avoir laissé tout son courage à l'entrée du cimetière.
- Je veux bien, mais y a pas de serrure ! que je lui ai répondu.
- Poussez-vous, a dit Henri en s'approchant de la porte.

Là, il a agrippé l'énorme porte coulissante. Le grincement métallique de la porte qui s'ouvrait devant nous n'avait RIEN pour nous rassurer.

On est entrés tous les trois dans la grange.
Le silence de la place était comme…

Monastique.

C'était humide.
C'était vieux.

C'était chaotique, surtout.

Poupée, télescope, vaisselle, couteaux de deux cents ans, outils, cadres ; on aurait dit toute une vie de souvenirs oubliés dans la même pièce.

- J'me suis trompée, a dit Léonie. Même pas besoin de clef pour entrer ici. On s'est trompés de piste. On n'a rien à faire ici...

Henri avait l'air encore plus démotivé.
- On devrait partir, qu'il a dit.

Là, je ne sais pas pourquoi j'ai fait ça (le découragement), mais je l'ai fait. J'ai pris un vieux téléphone à cadran qui se trouvait juste à côté de moi et je l'ai envoyé voler par terre, du plus fort que j'ai pu.

- Pourquoi fallait que mon père me laisse ici ? Pourquoi je pouvais pas rester dans ma vie d'avant ? Ta mère a raison, Henri. Ça sert à rien de déterrer des vieilles histoires !

Léonie a pris mon poignet, doucement.
- Fanny, arrête. Ça va aller. Je te le promets. Pleure pas.
- Je pleure pas.
- Les filles.
- Une seconde, là, c'est pas le moment, Henri, a dit Léonie en continuant de tenir ma main.
- Euh non, les filles, c'est juste que la... la lumière de la cuisine vient de s'allumer. On a fait trop de bruit.

Henri disait vrai.
Quelqu'un avait allumé au rez-de-chaussée.

Léonie et Henri sont sortis de la grange en catastrophe. Moi, je suis restée à l'intérieur sans bouger. Comme paralysée. Henri criait, mais c'était comme si je ne l'entendais plus.
- Bon sang, Fanny, déconne pas là, viens !

Henri a aidé Léonie à traverser la clôture, puis a commencé à grimper à son tour. Moi, j'étais clouée sur place. Un truc étrange retenait mon attention…

En allant s'échouer au sol,
le téléphone que j'avais lancé une seconde plus tôt
avait déplacé un vieux tapis.

Sous le vieux tapis,
il y avait…
une trappe.

Henri, qui avait grimpé tout en haut de la clôture, m'a avertie une dernière fois.
- Allez, Fanny, on va se faire prendre !

Rien à faire. J'étais obnubilée par l'espèce de porte que je voyais au sol. Une petite porte bizarre avec une petite serrure bizarre.

Oui. Une serrure aussi vieille
et rouillée que la clef de ma mère.

Je me suis penchée, j'ai sorti la clef de ma poche et je l'ai enfoncée bien droit dans la fente. À ma grande surprise, elle entrait parfaitement dans la serrure. Sans réfléchir, j'ai tourné la clef. Une partie de moi n'arrivait pas à y croire ; ce que je cherchais se trouvait enfin là, sous mes yeux.

Là,
dans le sous-sol de cette grange, se trouvait
le trésor de ma mère.
BALLY
LA BOÎTE À CHAUSSURES.

Une vieille boîte à chaussures en carton.

Je savais que je n'avais pas une seconde à perdre, alors sans même prendre le temps de l'ouvrir, je l'ai mise dans mon sac et je suis sortie de la grange. J'entendais encore la voix d'Henri m'appeler.

- Allez, Fanny… Allez ! Allez ! Allez !

Mais au moment où j'ai senti mes mains
enfin
agripper le dessus de la clôture,
mon regard a croisé celui
du vieux Birgman.

Il était là, à moins de deux mètres de moi, une pelle à la main. Ses yeux étaient ténébreux, comme vides. J'aurais voulu crier, journal, mais aucun son ne voulait sortir de ma gorge.

Alors que je poussais de toutes mes forces pour me donner un élan, le bas de mon jeans est allé se prendre dans une brèche de la clôture. J'ai tiré un grand coup sur ma jambe pour me libérer. Mais trop tard, mon sac avait déjà glissé le long de mon bras pour aller s'échouer, BANG, au sol.

Comme ça, bêtement.
Stupidement, oui.

La vérité était
Là
à 30 cm de mes pieds,
mais je ne pouvais rien faire.

J'ai pas pu regarder le vieux Birgman.
Quelque chose me disait de ne pas regarder dans ses yeux.
Alors je suis juste partie.

J'ai rejoint Léonie et Henri qui m'attendaient de l'autre côté de la clôture. Léonie était furieuse. Elle ne comprenait rien de rien de ce qui venait de se passer. Henri, lui, avait l'air mille fois plus inquiet qu'en colère. Ça m'a fait drôle de sentir qu'il avait eu peur pour moi.

- Fanny, t'avais pas le droit de nous faire ça !
Léonie m'a fixée, comme pour s'assurer que j'avais « tous mes morceaux », et s'est éloignée en furie vers la sortie du cimetière.
- T'es allée trop loin ! Et tu l'sais.
Henri s'est montré beaucoup plus compréhensif, presque trop, vu ce que je venais de leur faire vivre.
- Fanny va bien, là. C'est la seule chose qui compte. Lâche-la donc.

(C'est officiel, journal.
Henri est devenu étrangement gentil avec moi.)

On s'est vite éloignés et je crois qu'on a recommencé à respirer qu'une fois sortis du cimetière. On est rentrés chacun chez nous parce qu'on n'avait nulle part ailleurs où aller et plus aucune piste à suivre.

J'avais les bras aussi vides
que le coeur.

Jeudi 8 décembre

Dans les yeux d'Henri.

Dring. Dring. 6h40.
Mon téléphone a sonné beaucoup trop tôt ce matin. J'ai répondu avec ma tête encore enfoncée dans mon oreiller et mes deux yeux bien fermés. Je faisais un rêve vraiment chouette...

- Papa, il est vraiment tôt ! On va se parler plus tard, OK ? Bye.
- Qu'est-ce que tu dis ? C'est moi !
- Hein ?

J'ai mis une seconde à la reconnaître.

- Sophie ?
- Hein ? Non. C'est moi, Léonie !
- Mon Dieu. Qu'est-ce que tu veux ? Il est même pas 7 h !
- Il te regardait bizarre.
- Quoi ? Qui ça ? De quoi tu parles ?
- Henri ! Henri te regardait bizarre.
- Il me regardait pas bizarre. T'es folle.

Léonie a sûrement commencé à boire du café, ce n'est pas possible d'être motivée comme ça aussi tôt le matin. Et puis, elle commence à me taper sérieusement sur les nerfs avec ses questions sur Henri. Madame est persuadée qu'il commence à s'intéresser à moi. (Léonie vit clairement par procuration à travers ma vie.) Je me suis redressée dans mon lit en me disant que, de toute façon, elle avait déjà officiellement ruiné ma matinée.

- OK, disons que t'as raison. Est-ce que je peux savoir ce qui te fait penser, juste PENSER, qu'Henri pourrait avoir flashé sur moi ?

Ça se voyait que Léonie était trop contente que je lui demande son avis «d'experte» sur la question. Elle m'a répondu, avec beaucoup trop de fierté dans la voix.

- Ses yeux.
- Quoi, ses yeux.
- Quand t'es ressortie de chez le vieux Birgman ! Il te regardait avec des yeux... Disons que personne m'a jamais regardée avec des yeux comme ceux-là !
- Hein ? Tu penses ?
- Han-han, oui oui.

Là, Léonie a laissé planer un long et bête silence comme pour que je me fasse à l'idée. Moi, j'ai juste pensé... *Purée, Léonie ! Arrête d'être contente comme ça, on s'en fout d'Henri !*

- Ben, peu importe. Tout ce qui m'intéresse en ce moment, c'est de retrouver les affaires de ma mère.
- Ben oui, je le sais... Mais t'es pas obligée d'être embêtée comme ça. En tout cas, j'aimerais bien moi qu'un gars me regarde ainsi un petit peu.
- Bien, parfait ! Je vais demander à Henri qu'il le fasse.
- Hé ! T'es malade, fais pas ça !
- Voyons, je plaisante ! Bon, je peux aller me recoucher, là ?
- Hhmm-hmmm.

Évidemment, journal, j'ai pas réussi à me rendormir. J'arrêtais pas de me demander si Léonie disait vrai. Si elle avait bien vu ce qu'elle pensait qu'elle avait vu dans les yeux d'Henri.

JE SUIS EMBROUILLÉE DE PARTOUT.

Journal, je fais pitié à voir.

Je crois bien que c'est comme ça depuis deux bonnes semaines.

Depuis que j'ai (comme une parfaite imbécile d'idiote) laissé tomber tous les secrets de ma mère

dans le jardin du vieux Birgman, juste devant LUI.

C'est la tête que je fais quand je réfléchis

trop.

C'est peut-être le fait
que papa n'a répondu à aucun de mes appels pendant
48 heures. (Je me suis inquiétée, moi.)
C'est peut-être le fait
que Léonie refuse
(catégoriquement)
de retourner chez le vieux Birgman.

« MÊME PAS UNE DERNIÈRE FOIS. »

C'est peut-être l'air d'Henri.
Ça se voit qu'il commence
(doucement)
à se résigner.

« ON LA RETROUVERA PEUT-ÊTRE JAMAIS,
LA BOÎTE DE TA MÈRE, AU FOND. »

Ou c'est peut-être juste Noël.
Le temps des Fêtes quand on est triste,
c'est encore plus triste.
Tout le monde sait ça.

J'écris tout ça, mais au fond, c'est peut-être plus simple ?
Je suis embrouillée de partout depuis qu'il est arrivé.

Pas le printemps, non.
Mon père.

Oui. T'as bien compris, journal:

NOËL ARRIVE

MON PÈRE AUSSI...

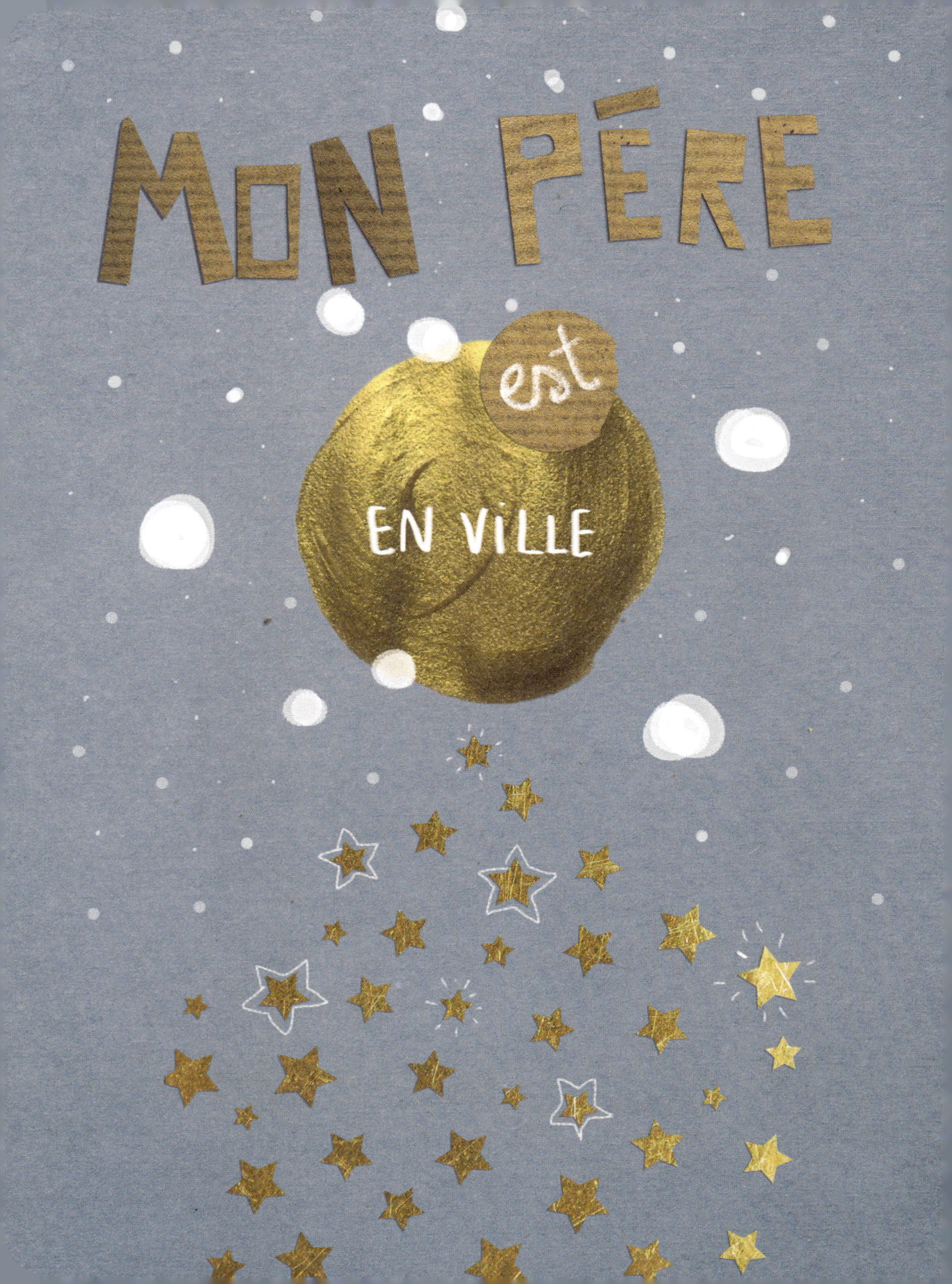
MON PÉRE
est
EN VILLE

Jeudi 22 décembre

SURPRISE RATÉE.

17h15. Mon père est arrivé par surprise, ce soir. (Comme un gros cheveu sur notre soupe.) Pendant 2 secondes, je te jure, journal, j'ai sérieusement envisagé l'idée que je souffrais d'une hallucination très réaliste, mais non.

Mon père était bien là, dans le cadre de porte,
à faire rentrer tout le vent du monde à nos pieds.

Là, devant moi
avec les bras en V
et la tête enfoncée

dans son bonnet plein de neige dramatique.

- Tu t'attendais pas à ça, hein, ma puce?

Lorette a eu l'air tellement étonnée de le voir là elle aussi que j'ai cru une seconde qu'elle en laisserait tomber sa boîte de décorations de Noël toute ramollie par des années d'allers-retours au placard. C'était écrit FRA-GILE, sur la boîte. C'est pour ça que ça m'est passé par la tête qu'elle pourrait la laisser tomber.

C'est tout le temps quand c'est écrit fragile sur les boîtes qu'on les laisse tomber, la vie est faite comme ça, qu'est-ce que tu veux que je te dise.

C'EST STATISTIQUE

Tout ça pour dire que c'était clair clair. Mon père ne s'était pas annoncé avant d'arriver à Sainte-Lorette ! Ça ne m'étonne pas beaucoup, pour être franche.

LES SURPRISES RATÉES SONT DEVENUES SA SPÉCIALITÉ.

- Pour être franche, papa, je m'attendais plus vraiment à rien.
- T'as pas l'air contente contente de me voir, mon petit chaudron…
- Ben, je l'sais pas encore…

J'ai dit ça.
Oui, j'ai vraiment dit ça.
(Quelle ignoble fille ça fait de moi ? Je sais pas trop.)

J'ai pris la grosse boîte de décorations (pas si fragile, finalement) des mains de Lorette et je suis partie au salon. Lorette n'avait pas ouvert la bouche depuis que papa avait ouvert la porte.
- Je vais mettre les décorations de glaçons de côté, OK, Lorette ? Si Albert en mange, il pourrait s'étouffer.

Lorette a hoché la tête et j'ai trouvé ça bizarre parce que je commence à la connaître, ma tante, et elle est un peu le…

« GÉNÉRAL-COMMANDANT-EN-CHEF-DIRECTEUR-DE-CRÉATION de l'arbre de Noël familial ».

Qu'elle me laisse seule avec sa boîte de décorations de Noël voulait tout dire sur l'état des choses.

Sur sa surprise à ELLE de le voir LUI, je veux dire.
Dans SA maison, je veux dire.

Je faisais semblant d'être très occupée à trier les glaçons de Noël et il y avait *Ô nuit de paix* qui prenait beaucoup trop de place dans notre salon, mais j'entendais quand même leurs voix.
- Laisse-lui dix minutes, là, elle s'attendait pas à te voir ici. Moi non plus, d'ailleurs.
- Je sais… Mais j'avais pas imaginé ça comme ça. Je veux dire, ça va faire quoi, quatre mois presque qu'on s'est pas vus? Elle m'a pas embrassé. C'est pas ma Fanny, ça.
Lorette (avec la répartie d'un tracteur): Ben… si t'avais pas encore voulu faire «spécial» aussi.
- Qu'est-ce que tu veux dire?
- Je sais pas, moi! Tu pouvais pas appeler? Téléphoner comme tout le monde? Fallait donc que tu fasses «spécial»!

Mon père était
sans mot.

Faut dire que Lorette a pas vraiment le chic pour mettre le monde à l'aise en général. Elle a pris son manteau et a dit un truc pas super accueillant du genre:

J'ai fait des soupes à l'oignon.
On va en décongeler une de plus.
J'les avais toutes mises au congélateur
celles en surplus
pour faire des restants
mais c'est pas grave.

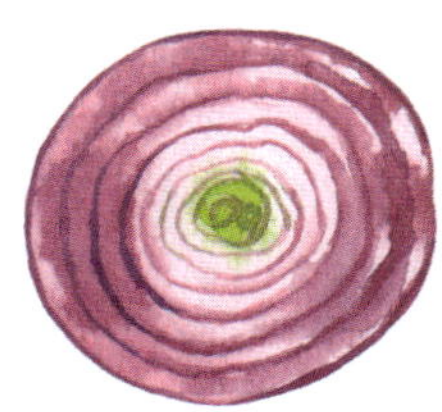

Jeudi 22 décembre
(suite)

Trêve de Noël.

Pour commencer, je dois dire que je suis restée perchée 20 bonnes minutes sur le rebord de la fenêtre de ma chambre, à regarder la neige tomber à coups de gros flocons mouillés sur le sol.

Je me foutais pas mal des flocons.
C'est mon père qui m'intéressait.

J'observais chacun de ses gestes. Je scrutais les traits de son visage pour analyser toute émotion susceptible de le traverser. Mon père essayait d'enrouler une guirlande de Noël autour d'un gros sapin – André était là, lui aussi, mais il revenait à l'intérieur toutes les minutes à cause des ampoules grillées qu'il fallait changer.

Ça se voyait que mon père gelait dans son manteau de ville.
Ça se voyait qu'il aurait préféré être au chaud, dans la maison, avec moi.

Alors comme ça, sans réfléchir, j'ai frappé deux petits coups dans la vitre de ma fenêtre. Je voulais qu'il lève les yeux. Juste un petit peu. Juste pour être sûre sûre que je ne l'avais pas rêvé. Que mon père était bien là, bien rentré du Japon, je veux dire.

Rentré pour qu'on se fasse des vacances de Noël
en bonne et due forme.
Des vacances rien qu'à nous.

Il a levé les yeux vers ma fenêtre. Les deux petits coups étaient arrivés jusqu'à lui. J'ai vu qu'il a soufflé en me voyant, comme ça, «ouffff», soulagé. Son souffle a fait un petit nuage de buée au-dessus de sa tête.

Je vais te dire un truc, journal. Je sais que mon père n'avait aucun droit de me cacher toutes ces photos de ma mère comme il l'a fait pendant des années. Je crois même qu'il me cache plus. Bien plus. Je le sens à l'intérieur de moi, tu comprends ? Mais Noël arrive et, juste pour ça, j'ai envie d'une trêve.

D'UNE PAUSE DE COLÈRE
ENTRE MON PÈRE ET MOI.

***

Je suis sortie de la maison. Le bas de mon pyjama est devenu tout glacé, mais je m'en foutais. On s'est serrés sans rien dire, mon père et moi, et André est rentré parce qu'il voyait bien que ce qui se passait sous le sapin était bien plus important (et privé) que des guirlandes de Noël.

P.-S.
Tu sais, il a beaucoup de défauts, mon père (des TONNES, même, si tu veux mon avis), mais il a toujours eu un talent pour les Noëls.

P.-P.-S.
Mon père, Lorette et André ont bien discuté pendant deux heures dans la cuisine, ce soir. Je suis allée me coucher sans même épier leur conversation. J'imagine que deux tasses de thé, ça suffit pas pour rattraper dix ans de silence.

LE PACTE

Samedi 24 décembre

Partie 1
SI J'AVAIS SU.

Papa s'est réveillé avant tout le monde hier. C'était la «veille de la veille de Noël», ou le 23 décembre, si tu préfères. Et comme mon père saute sur chaque occasion pour s'amuser dans la vie, il a sûrement pensé que ce serait une excellente idée de souligner la journée qui précède la veille de Noël! Bref, ça sentait bon les crêpes jusque dans mon lit. Même Lorette avait l'air contente qu'il soit là. Contente que quelqu'un monopolise son territoire culinaire habituel.

- Oh! Ça sent bon, Hubert!
- Ça sent Noël, moi je trouve.
- On se calme, monsieur nostalgie, c'est juste de la cannelle.
- Passe-moi la farine, Hubert. Je vais t'aider.

André ne connaît pas mon père! JAMAIS il ne laissera qui que ce soit toucher à son mélange à crêpes. Il a une technique «chirurgicalement établie» pour éviter que la pâte fasse des grumeaux.

C'était un de ces matins
parfaits
qui annoncent une journée
parfaite.

OUF
SI J'AVAIS SU.

Mon père nous a demandé de nous asseoir et, en nous servant ses crêpes en forme de sapins, nous a expliqué le projet qu'il avait en tête.

- J'ai pensé que ce serait drôle d'organiser un match de hockey sur le lac Hatley aujourd'hui !
- Hein ?! Tu veux aller sur le lac ? Hé, ça fait des années qu'on n'a pas fait ça ! Faudrait le déblayer, la glace va être pleine de neige…
- Ouiiiiiii. Ça me dérange pas, on va la pelleter, la neige. Allez, papa !

Lorette, tout emmitouflée dans sa robe de chambre du temps des Fêtes, regardait mon père avec des yeux gentils. J'ai alors pensé… *Il reste de l'amour dans cette famille.*

- La dernière fois que je suis montée sur des patins, j'avais les cheveux longs et dix kilos de moins ! Je vais rester ici et vous cuisiner des bonnes choses à la place !

On a mangé nos crêpes en planifiant cette journée qui,
sans qu'on s'en doute,
serait LOIIIIIIN d'être celle qu'on s'était imaginée.

Partie 2
Ohhhh non. Pas LUI.

Si j'ai bien compris, c'est pas tous les jours que les gens de Sainte-Lorette font un vrai match de hockey sur glace! J'ai trouvé Léonie et Sylvie presque trop enthousiastes quand je leur ai téléphoné pour leur demander de se joindre à nous. Je m'attendais à ce que ça lui fasse un choc, à Sylvie, que je lui annonce que mon père était en ville après dix ans d'absence. Apparemment, c'était un choc positif!

J'avais même pas eu le temps de raccrocher que Sylvie criait déjà après Léonie pour lui dire de se préparer.
- *Léo! Trouve ton bonnet rouge des Canadiens et mets deux grosses paires de bas, on va faire quelque chose de spécial aujourd'hui!*

Henri, mon père et moi, on s'est habillés comme si on partait en expédition au «nord du pôle Nord». On avait donné rendez-vous à Léonie et à sa mère en plein milieu du parking du Canadian Tire.

On gelait
à cause de leurs trois minutes de retard.

Mon père (qui adore se prendre pour un G.O. et tout organiser) nous a demandé, à Henri, André et moi, d'aller acheter six grosses pelles: *«les plus grosses que vous trouverez!»* Lui, pendant ce temps-là, attendrait Léonie et sa mère dans l'auto.

La vérité, journal, c'est qu'il voulait être seul pour les attendre parce qu'il était nerveux de revoir Sylvie. Ça se voyait à sa façon de changer de station de radio frénétiquement, comme si aucune chanson de Noël n'était à la hauteur du moment. J'ai voulu (tenté de) détendre l'atmosphère.

- Papa, Sylvie est vraiment cool. Si elle avait pas voulu te revoir, elle serait pas en route pour venir ici.
- Toi, mon petit chaudron, occupe-toi donc de nous trouver six grosses pelles ! Allez, go !

On a vu la vieille Ford bleue de la mère de Léonie arriver au loin, mais c'était pas Sylvie qui était au volant. Non. C'était M. LeBon, mon prof de français. J'ai pensé :

Wow.

Alors, c'est bien vrai.
Sylvie et Thomas LeBon sortent ensemble !

***

Je ne ressens plus rien pour M. LeBon (euh, ni pour personne, là), mais j'étais quand même contente de savoir qu'il viendrait jouer au hockey avec nous aujourd'hui !

***

Henri, André et moi, on est sortis de l'auto et on s'est vite retrouvés dans l'allée « pelles et autres articles de neige » du Canadian Tire. L'endroit était désert. On a alors aperçu un garçon, emmitouflé dans un habit de neige, qui essayait de soulever un sac de sel six fois plus gros que lui. André s'est empressé d'aller l'aider.

- Tu vas te faire mal, mon gars, donne, je vais le prendre !

Le garçon s'est retourné.

OH NOOON.
PAS LUI.

Je pouvais pas croire qu'il fallait qu'on le croise,
lui,
pendant les vacances de Noël.

Tommy.

J'ai pensé
Qu'est-ce qu'il fait là, le 23 décembre, à acheter du sel?
Sa «veille de veille» de Noël est doooonc bien ennuyeuse.

André, apparemment d'humeur joviale, avait envie de faire la conversation à notre (seul) ennemi juré. Henri a soupiré en faisant mine de s'intéresser à la toute nouvelle souffleuse de Black & Decker. Moi, j'espérais juste que Tommy n'ose pas nous adresser la parole.

Il serait capable d'être méchant
pendant le temps des Fêtes,
cet énergumène.

André connaît le père de Tommy parce qu'il est tout le temps fourré au Quille qui va gagner.

- Tommy? Ton père t'attend dans le parking? Tu vas pas ramener ça à pied quand même?
- Euh, j'suis habitué, ça va. Merci.
- Attends, je vais te l'amener à la caisse.
- Non, j'ai dit, ça va.
- Arrête, ça me fait plaisir, on a le temps, là, on s'en va juste jouer au hockey!

Quand il a entendu le mot *hockey*, Tommy a eu l'air jaloux de notre 23 décembre.

Là, l'instinct paternel d'André (ou un truc du genre) lui a fait dire la chose la plus NULLE de la terre.

- Mais tu sais que tu peux venir avec nous, Tommy, si tu veux !
- Oh... Je peux pas, mais merci.

Excellente réponse, Tommy, j'ai pensé. Pourquoi fallait qu'André en rajoute ?!

- Allez, on manque de joueurs !

Tommy m'a regardée comme s'il y avait une chance sur 1000 que je lui fasse sentir qu'il était le bienvenu.

(pffff)

- Oh. J'ai pas mes patins, de toute façon.
- Tu joueras dans les buts, c'est pas grave !

Henri a fusillé son père du regard. Tommy, lui, s'est contenté de nous faire un grand sourire niais.

(OFFICIELLEMENT LE ROI DES CONS)

- Bon, OK !

QUOI ??!?!??!?!

- Okééé ! Bon ben je vais appeler ton père et lui dire que je t'emmène avec nous. On va mettre ton sac de sel à l'arrière du camion.
- Ben, merci, je vais aller payer et je vous rejoins dehors !

Tommy et son sac de sel
se sont retrouvés
au fond de notre camion.

T'aurais dû voir LA TÊTE de Léonie, journal, quand elle l'a vu arriver. J'ai cru qu'elle allait faire un arrêt cardiaque en voyant Tommy s'asseoir juste à côté d'elle, sur la banquette arrière du camion conduit par mon père – elle était là parce qu'elle avait décidé de faire la route jusqu'à la patinoire avec Henri et moi.

- Qu'est-ce qu'il fait là, face de pet?
- Hé, du calme, Gingras. Je vais te laisser marquer des buts, t'inquiète pas…
- Si t'es aussi bon au hockey que tu l'es au football, ce sera pas difficile.
- OK! Je vois! C'est le grand amour entre vous deux.

Léonie, qui dessinait dans la vitre embuée de la voiture, s'est contentée de répondre sèchement.

- AMOUR et TOMMY, c'est pas possible dans la même phrase.
- Peut-être, mais TA mère et NOTRE prof de français, c'est possible dans la même voiture par exemple!
- Hé… mêle-toi de tes affaires, gros.
- Quoi, Gingras? T'es bouchée?
- Pas du tout. Et arrête de m'appeler Gingras. J'ai plus de salive à gaspiller pour toi, c'est tout.

L'ambiance a ressemblé à ça jusqu'à ce qu'on arrive au lac Hatley. J'ai sursauté quand j'ai réalisé que le lac borde une partie du cimetière Grand Hatley. D'où on se trouvait, on voyait même très clairement la maison du vieux Birgman. Je voyais de la lumière au loin, mais j'ai pensé *Interdiction de réfléchir à tout ça aujourd'hui, Fanny.* Je m'étais promis que mes vacances de Noël seraient spéciales, et j'étais prête à pelleter jusqu'à la fin des temps pour qu'elles le soient!

Ouais.
Spéciales.
On peut dire que j'ai été servie.

Partie 3
112.

Après avoir ENFIN terminé de dégager une bonne partie du lac, j'ai compris pourquoi on avait inventé la surfaceuse ! On a mis TROIS heures (juré) rien que pour se fabriquer une patinoire digne de ce nom !

Le soleil se couchait sur notre match de hockey même pas encore commencé – et notre enthousiasme s'éteignait avec lui, je l'avoue. Mais Sylvie et mon père avaient l'air tellement heureux d'être là, ensemble, que j'ai pas osé me plaindre. Leurs retrouvailles étaient apparemment un succès, et j'avoue que de voir mon père nager dans le bonheur, ça m'a rendue un peu heureuse aussi.

Léonie voyait les choses différemment, apparemment.
Je l'ai vue déposer sa pelle et s'asseoir au sol, exténuée.

- J'ai faim, moi.

À ce moment précis, les phares de la voiture rouge du Lorette-Pizz sont venus jeter un gros halo de lumière sur notre patinoire toute neuve.

- De la pizza !!!!!
- Extra fromage, double pepperoni !
- Je vais aller les chercher, papa ! Ça va me réchauffer !

Mon père a un DON pour les Noëls !
Qu'est-ce que je t'avais dit, journal ?

Je suis finalement restée avec les autres sur la patinoire. Tommy, qui avait été assez silencieux (et utile, il faut que je l'avoue) tout l'après-midi, a insisté pour aller chercher la pizza lui-même.

C'est clair qu'il voulait se faire inviter l'année prochaine.

On l'avait fabriquée en plein milieu du lac, notre patinoire.
En plein milieu parce que c'est là que la glace est
la plus épaisse.

Tommy aurait dû savoir ça, non?

Je viens de la ville,
moi, et je le sais.

Tout le lac était plongé dans l'obscurité. Tout ce qu'on pouvait voir, alors que Tommy revenait vers nous, c'était un bout de bonnet dépasser derrière trois grosses boîtes de pizza.

Henri : Hé, Tommy-Tom ! On aimerait que ce soit chaud, dépêche !
André : Hé, toi ! C'est pas comme ça que je t'ai élevé ! Bon sang que tu me fais honte parfois !
Henri : C'est une blague, papa. Une blaaaague.

On a alors entendu un cri.

Un cri,
puis
plus rien.

C'est mon père qui a compris le premier ce qui venait d'arriver. On l'a vu se précipiter vers la crevasse qui venait de se dessiner au loin. Mon père courait en retirant son manteau, ses bottes, ses moufles.

Nous,
on fixait l'horizon,
impuissants.

M. LeBon a composé le 112.
Sylvie tenait sa main.

ON EN AVAIT ASSEZ
VU POUR SAVOIR QUE
QUELQUE CHOSE DE
GRAVE VENAIT D'ARRIVER

Puis, avant que mon père atteigne la rive, une imposante silhouette s'est avancée sur le lac. Tout ce qu'on voyait depuis notre patinoire, c'était que l'homme venait de s'allonger à plat ventre sur la glace pour plonger l'entièreté de ses avant-bras dans l'eau. Mon père s'est étendu sur la glace et a aidé l'homme à sortir le corps de Tommy du trou.

On aurait dit qu'il pesait deux cents tonnes,
le corps de Tommy.

Quand on a vu qu'ils l'avaient ressorti, que Tommy n'était plus sous l'eau, on s'est tous mis à courir vers la rive. Là, l'intensité avec laquelle Sylvie nous a ordonné de nous diriger vers le parking (et pas sur la rive toute craquée) m'a fait comprendre ce que c'est que « l'amour maternel ».

M. LeBon a marché devant nous jusqu'à ce qu'on atteigne la terre ferme et on s'est regroupés dans le parking. Personne ne disait rien, mais au fond, on espérait tous la même chose. Que rien de grave, de trop grave, ne soit arrivé.

L'homme est resté tout seul près de la glace brisée pendant que mon père s'avançait vers nous. Il portait le corps inanimé de Tommy et nous criait d'appeler le 112 et de démarrer le camion.

J'étais figée.
Je fixais Tommy sans pouvoir bouger
ni parler.

Et là, journal, mes yeux se sont attardés sur le manteau dans lequel Tommy était drapé. Je te jure que je l'ai tout de suite reconnu. Oui, c'était bien l'imperméable du vieux Birgman. J'ai regardé au loin et je l'ai vu qui nous fixait. C'était tellement bizarre, journal. On aurait dit qu'il n'osait pas s'approcher. On aurait dit que le vieux Birgman avait peur. D'où j'étais, je pouvais voir qu'il grelottait.

Nos regards se sont croisés, puis je l'ai vu s'éloigner pour regagner sa maison alors que les gyrophares et les coups de sirène annonçaient l'arrivée des secours.

Les ambulanciers se sont emparés de Tommy et mon père est resté en plein milieu du parking, sans plus rien à tenir dans ses bras. Il avait l'air perdu, vide.

- Papa… Ça va aller. Je pense qu'il respire. Tommy respire !

Je disais ça pour l'encourager,
mais en fait,
j'en savais rien.

- Je l'ai pas… Mon Dieu. Je l'ai pas…
- Oui, tu l'as sauvé, papa !

Les ambulanciers ont eu l'air de trouver mon père un peu trop désorienté à leur goût, alors ils l'ont fait monter à bord de l'ambulance. La même qui conduirait Tommy à l'hôpital. C'est là que j'ai réalisé quelque chose.

Ma mère est décédée sur ce lac.

Je sais pas où exactement
parce que personne ne me dit jamais rien à moi,
mais je sais que c'est sur ce lac.

Et l'événement de ce soir
a ni plus ni moins replongé mon père 11 ans...

en arrière.

Partie 4
NUIT BLANCHE D'HÔPITAL.

Après le départ de l'ambulance,
M. LeBon, Sylvie et Léonie sont rentrés chez eux.

Mais pas nous.

Non. Henri, André et moi, on a passé la nuit à boire du chocolat chaud dans un des corridors de l'hôpital. Le lit sur lequel mon père était allongé a été déplacé au moins dix fois par des infirmières trop pressées. On n'a pas osé le réveiller (même si on le savait sauvé d'avance).

Au même moment, dans sa chambre, Tommy dormait apparemment un peu trop paisiblement au goût des médecins. Ses parents n'arrêtaient pas de faire des allers-retours et de boire du café et de poser des questions aux gens de la réception et même aux gens de l'entretien, tellement ils avaient besoin que ça bouge autour d'eux.

23h52

Je regardais l'horloge au-dessus de la tête d'Henri et je pensais :

Le temps fait vraiment ce qu'il veut
avec les humains.
On voudrait le voir filer à toute allure
dans des moments comme celui-ci,
mais il s'égraine à coups de tic-tac sans fin.

Henri m'a regardée avec des grands yeux pleins de lumière qui contrastaient avec les murs tristes de l'hôpital.

- Viens.
- Quoi ? Où ça ?

HENRI
ÉTAIT
DÉJÀ
PARTI.

Ben oui, quoi, je l'ai suivi ! Je savais pas, OK ? Je savais pas ce qui allait arriver ! On a monté six étages sans s'arrêter et on s'est retrouvés devant une porte sur laquelle il était écrit :

« EMPLOYÉS SEULEMENT »

Henri, qui fait toujours un peu ce qu'il veut dans la vie, a ouvert la porte.
Il m'a invitée à passer devant lui.

Là, j'ai réalisé qu'on s'apprêtait à mettre les pieds
en plein sur le toit de l'hôpital ! Si tu te posais la question, journal…

c'est bel et bien
interdit
de monter sur le toit de tous les hôpitaux du monde.

Henri a pris un drôle d'accent anglais style *british* pour me parler.
- Aprouès veous, meudaaame !
- Je savais pas que tu parlais anglais.
- Y aaa plein-e dees chooooses qué véous né savez pas dé moi ennncooooore.
- Mmm…

Même si j'étais bien – oui, je l'avoue, OK, journal, j'étais bien –, je dois dire que je trouvais la situation un peu louche.

Je pensais…

«Pas normal, Fanny,
que tu sois sur le toit d'un hôpital
au beau milieu de la nuit
avec Henri et son drôle d'accent anglais.»

Il avait un plan, Henri?

Quel plan?

Je soufflais dans le creux de mes mains pour les réchauffer et surtout, éviter de croiser son regard.

Je le voyais qui regardait l'heure
sans arrêt
sur son téléphone.

- Il est minuit, Fanny.

Là j'ai pensé, bon il est fatigué, j'ai tout imaginé, on va pouvoir rentrer! Mais j'ai juste trouvé ceci à lui répondre:

- Ouais, je sais, mais on dirait que je suis même pas fatiguée.
- Non, je veux dire, il est minuit, donc techniquement… c'est la veille de Noël.

J'ai trouvé qu'Henri se la jouait un peu ringard.

OK, non.

Pour être honnête, le mot que je cherche c'est

Romantique.

Les étoiles au-dessus de nos têtes,
la neige en dessous de nos bottes,
nos deux chocolats chauds plus très chauds et surtout,

ce petit recoin où on s'était installés
côte à côte
parce que c'est là que l'air de la chaufferette sortait.

J'ai répondu ça, journal (crois-le ou non) :
- Ben, euh… Joyeuse veille de Noël ?

HAH

La phrase la plus **NULLE** de la terre !

Mais Henri a continué parce qu'apparemment, il me trouvait pas si nulle que ça, lui. Il s'est retourné vers moi et a pris mon chocolat chaud avant de me dire…

(J'en reviens toujours pas.)

- Fanny, je peux… t'embrasser ?
- Quoi ?

J'avais TRÈS BIEN compris, journal.

JE VOULAIS JUSTE GAGNER DU TEMPS...

QUESTIONS
SANS RÉPONSES
de Fanny Cloutier
SUR BAISER N°1

Pardon pour la parenthèse en PLEIN MILIEU de mon histoire, mais je suis obligée de m'expliquer au moins un tout petit peu. Je suis une poule mouillée, je sais. Mais voilà. C'est juste que je me disais que ça doit arriver de rater son premier baiser? (Statistiquement parlant, c'est 100% certain que c'est déjà arrivé à au moins 4% des gens sur la terre. Ohhhhh. SVP, faites que je sois pas dans le 4%).

J'avais peur qu'Henri se donne la permission de sortir sa langue. Je veux dire, je suis assez intelligente pour savoir qu'il ne m'aurait pas prévenue, genre: *Hé, Fanny, attention, je vais sortir ma langue, OK?* Non, il l'aurait fait! Il m'aurait embrassée goulûment BANG! comme ça. Et là, moi je... je serais sûrement devenue «langua-plégique». (Je viens d'inventer un mot qui voudrait dire quelque chose comme paralysé de la langue.) Je m'explique.

Il y a un truc qui m'a toujours inquiétée avec la langue. Bon. La logique me dit que si à peu près tout le monde au monde le fait, ça doit sûrement être parce que c'est au moins un tout petit peu chouette au bout du compte, non? Je veux dire, les gens s'embrassaient même au Moyen Âge – avant l'invention du dentifrice (fallait être motivés par la chose, quand même). Mais voilà ce qui m'inquiétait (le plus): SUPPOSONS que nos deux langues en tournant se cognent, s'emmêlent, ne s'aiment pas bien, journal. J'aurais fait quoi, moi? Je veux dire... un carambolage dans une bouche, ça doit être complètement dégoûtant comme expérience!

BERKKK-E.

J'ai mal au coeur rien que d'y penser.

MA CRAINTE N°2

J'avais peur (langue pas langue) d'accepter qu'Henri m'embrasse et qu'après, quelque chose change, entre nous deux. Je sais qu'on s'est dit beaucoup de choses méchantes en à peine 4 mois (un record dans le monde, sûrement), mais... Henri est quand même mon meilleur ami gars. Il faut que je l'avoue. Et je ne veux pas le perdre. C'est ça que j'essaie de dire.

Le temps (acceptable) s'était écoulé avec toutes mes questions sans réponses.

Henri regardait bien droit devant lui à l'horizon. J'ai fait la même chose même s'il était bloqué, l'horizon, à cause de la neige qui tombait à coups de gros flocons dans le ciel. Je savais bien que dans ces moments-là, chaque seconde est cruciale, significative. J'ai pensé : ce serait peut-être pas si mal au fond de recevoir mon premier baiser ici, illégalement postée sur le toit d'un hôpital ? Ce serait peut-être pas si mal avec la lune au-dessus de nos têtes.

Langue ou pas langue, ce serait avec lui.

AVEC HENRI.

Fin de ma parenthèse et suite de ma nuit.

Je me suis retournée vers Henri et j'ai juste dit :
- OK.
Là, ses yeux se sont ouverts grand (c'est clair qu'il s'attendait à un non de ma part).
- OK ?
- Oui. Ma réponse, c'est oui. (…) Ben vas-y ! Avant que je change d'avis.

Henri m'a regardée et comme ça, il a posé ses lèvres sur les miennes. Ça a duré quoi ? Un demi de millième de quart de seconde ? Et puis c'était déjà fini. Pas de langue. Mais c'était fait. Oui, je l'avais fait, comme on dit. (Ça compte, tu crois ? Je veux dire, ça compte, même sans la langue ? Ben oui, ça compte, qu'est-ce que je raconte !) Fanny Cloutier a embrassé un gars pour la première fois ! J'arrive pas à le croire, j'ai embrassé Henri-les-lunettes (qui, soit dit en passant, ne porte plus vraiment ses lunettes).

(Mon Dieu. Attends que je dise ça à Sophie et Léonie. Bof, je sais pas si je vais leur dire… Oh puis oui, je vais leur dire ! Oh puis je sais pas, on verra.)

J'ai repris mon chocolat chaud (et le dessus sur mes émotions), puis on a regardé devant nous comme pour, disons, « passer à autre chose ». J'ai pensé que c'était le moment parfait pour changer de sujet.
- Henri ?

Il a eu l'air surpris, comme si j'allais lui demander de m'embrasser encore, et j'ai eu envie de lui dire, genre :

Du calme, là.

C'était un baiser
UNIQUE (traduction : oui, j'ai aimé),
CONFIDENTIEL (traduction : tu gardes ça pour toi)
ET TERMINÉ (traduction : on ne sort pas ensemble).
POINT FINAL À NOTRE HISTOIRE
JAMAIS COMMENCÉE.

Mais pour une fois, j'ai été bien inspirée et j'ai surtout réfléchi, avant de parler.

- Oui, quoi?
- Ben, Tommy, je sais qu'il a agi comme un gros con toute l'année, mais on dirait que j'aimerais mieux qu'il lui arrive rien. Je pourrais juste… pas me le pardonner.
- Voyons, Fanny, pourquoi tu dis ça?
- Tu sais, quand la voiture est arrivée là, pour nous livrer la pizza? C'est Tommy qui est allé la chercher.
- Ben oui, je sais.
- Ben… Je venais juste de dire à mon père que j'irais, moi. Tu comprends? Ça aurait dû être moi qui tombe dans l'eau.
- Fanny…

Il a mis sa moufle sur ma moufle.
- Ses lèvres, à Tommy, elles étaient vraiment toutes bleues, hein?

Henri a eu l'air de chercher le bon truc à me dire.
- Il va s'en sortir.

Ça m'a réconfortée qu'Henri me dise ça. Même si je savais bien qu'il en savait rien du tout. Je sais pas si c'était la neige qui embrouillait ma vue, mais on dirait que je le trouvais beau, Henri. (Faites que ça parte, faites que ça parte SVP.)

- Joyeuse veille de Noël, Henri.
- Toi aussi, Fanny.

On est redescendus. Toujours pas de nouvelles de Tommy. Mon père était réveillé, lui, par contre, alors on a pensé que le mieux à faire était de rentrer à la maison. Tous ensemble.

J'ai vu que les parents de Tommy dormaient à côté de la machine à café. Leurs yeux étaient fermés mais il y avait quand même de la fatigue partout sur leurs paupières.

J'ai écrit un long mot pour Tommy sur mon verre en polystyrène. Un reste de chocolat chaud, c'est pas chic, je sais bien, mais c'était tout ce que j'avais, journal. J'ai écrit avec mon stylo rose en plus (sûrement pas sa couleur préférée, j'ai pensé).

L'important, c'est l'intention. Papa me dit tout le temps ça.

J'ai glissé le verre dans la main de la mère de Tommy
en espérant qu'elle le trouverait
à son réveil.

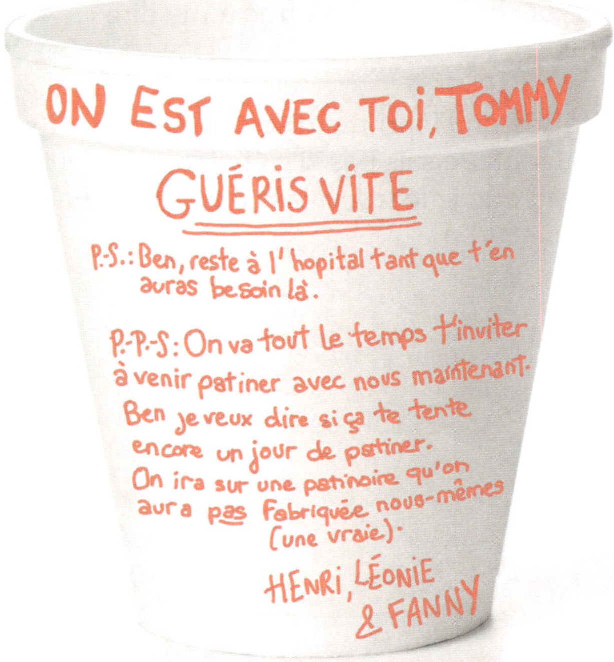

25 décembre

Des beaux restes.

21h08. **Veille de Noël**. Y avait des tourtières et de la dinde et même des truffes au chocolat faites maison partout sur la table de la cuisine. Mon père et André l'avaient installée dans le salon, la table. Spécialement pour l'occasion, pour qu'on ait de la place même si on est une microfamille de cinq personnes + un furet.

Mais personne avait le cœur à la fête,
au fond.
Personne, sauf Lorette.

Les chansons de Noël sonnaient
comme une musique qui appelle trop fort au bonheur.

Les truffes avaient un goût trop sucré.
Et le pâté au saumon, à Noël, ce n'est jamais bon.
(Tout le monde sait ça, mais on continue
à en faire. Bizarre.)

Oui, c'était un étrange Noël,
pas très drôle pour te dire la vérité, journal.

On était tous là, à se demander la même chose. Si Tommy allait bien, s'il était sorti de l'hôpital… s'il allait un jour en sortir. Alors on n'osait pas manger. Encore moins déballer nos cadeaux de Noël. À un moment, Lorette en a eu assez, alors elle a brisé le silence.

- Bon là, vous allez arrêter avec vos têtes d'enterrement. C'est Noël pour l'amour du ciel ! Je vais les appeler, moi, les parents de Tommy ! On va bien le savoir s'il va bien, et ça va être réglé ! Et on va pouvoir fêter Noël et passer à l'année prochaine. Bon sang de bois que j'en ai assez que ce soit compliqué la vie, moi !

On s'est tous retournés vers Lorette et on lui a crié à l'unisson :

-NOOOOOON!

La dernière chose dont les parents de Tommy ont besoin, c'est qu'on les dérange à coups de téléphone pour leur demander si leur Noël est…

A) Normal
B) Plein d'espoir de guérison
C) Tragiquement triste.

Le silence était mille fois trop lourd, alors j'ai dit un truc comme ça, sans réfléchir (ma spécialité) :

- Lorette, je le sais qu'André et toi vous avez cuisiné toute la semaine pour préparer notre repas de Noël, et ça a l'air super bon… Vraiment. Mais ce qui est arrivé hier à Tommy, ça nous a comme coupé la faim, je pense.

Lorette a eu l'air outrée, mais j'ai senti qu'Henri, André et mon père pensaient comme moi… alors j'ai continué.
- On pourrait mettre tout ça dans des plats Tupperware, et se faire des restes ? Tu… Tu penses pas ?

Là, Lorette a fait comme tous les gens qui sont pris au dépourvu. Elle a cherché un coupable (mon père).

- Si ton père avait pas tout le temps des idées de fou, aussi ! Aller patiner sur le lac ! Il lui faut quoi pour qu'il comprenne ?

Sous le coup de cette phrase, les yeux de mon père se sont embrouillés instantanément. Puis, André s'est énervé.

Je veux dire, vraiment énervé.

À partir de ce moment précis, on aurait dit que tout se passait au ralenti. André a fait éclater son verre de vin en plein sur le mur, crois-le ou non, journal. Ça a fait un gros *splash* rouge sang sur la belle tapisserie fleurie, mais André s'en foutait royalement. Il s'est adressé à Lorette comme si une décennie de mots avaient été retenus de force dans sa gorge.

- Lorette, sapristi-de-sirop tu vas pas revenir avec ça ! C'était un accident ! Un ACCIDENT ! Ça fait 11 ans, Lorette !!!
- Pas devant les enfants, André.

Henri a pris ma main.
On savait qu'André parlait de l'accident de ma mère.

Dis donc… Je commence à penser qu'il se dit qu'on sort ensemble.

- Ce sont plus des enfants, Lorette, OK ? Fanny va avoir 15 ans ! Et Hubert… c'est loin d'être un mauvais père, et c'est loin d'être un imbécile ! C'est toi qui es peureuse ! T'as peur de tout, Lorette.
Lorette regardait André. Ses yeux disaient *arrête,* mais ses mains sur ses hanches criaient *Allez, André, je peux encore en encaisser.* Le vin continuait sa traversée de la tapisserie derrière Lorette qui s'effritait, là, sous nos yeux.

- La vérité, Lorette, c'est que ta sœur fonçait et que ça t'a toujours, ohhh oui, ça t'a TOUJOURS rendue jalouse à mourir !

Là, mon père s'est avancé et il a dit un truc qui ressemblait à une tentative d'arrêter l'hémorragie.

- C'est la veille de Noël ce soir, bon sang ! OK, tout le monde ? J'ai fait 10 000 kilomètres pour la passer avec ma fille et c'est exactement ça qu'on va faire. Fanny, mets ton manteau, on s'en va à l'église. Il paraît que là-bas, ils fêtent encore ça, Noël.

J'ai lâché la main d'Henri et me suis avancée vers mon père, hésitante. Une partie de moi avait envie de lui crier qu'il ne pourrait pas fuir.

Pas ce soir, ni demain, ni après-demain.
Non, l'église pas plus que le Japon ne seraient là,
à partir de maintenant
pour le sauver de me dire la vérité.

JE VEUX JUSTE LA VÉRITÉ, PAPA.

Pourquoi tu m'as toujours dit qu'on n'avait pas de famille?
Alors qu'il y a André, Lorette, Henri, alors qu'il y a Sylvie, même.
Pourquoi j'ai été capable de mettre la main sur un album
ENTIER de photos d'elle
alors que t'as toujours prétendu que tout avait coulé, le soir de
l'accident?

Et puis surtout, POURQUOI j'ai trouvé des gros bouts
de journaux déchirés à la bibliothèque
qui concernent l'accident de maman?

Je pensais tout ça, mais je me suis contentée de garder le silence et de me diriger, tête baissée, vers le portemanteau. Puis, au moment où on passait le cadre de porte, j'ai entendu la voix de Lorette rappeler Henri à l'ordre.

- Henri, tu restes ici avec nous, mon gars ! Noël, ça se passe en famille !

Henri s'est retourné vers sa mère et lui a répondu sèchement :
- Ils SONT ma famille, maman.

Puis, ça a été au tour d'André de quitter la maison. Mais Lorette a rien osé dire, ce coup-là. Alors trente secondes plus tard, on était tous assis (sauf Lorette) dans le camion d'André, direction la messe de 22 h, église de Sainte-Lorette.

P.-S.
Je ne la voyais pas, mais ça m'a rendue triste d'imaginer Lorette toute seule dans le salon à contempler la tache de vin dégoulinant sur la tapisserie, se demandant quel plat hermétique serait le plus approprié pour ranger ses truffes faites maison. Je me disais : Lorette pense peut-être à nous en ce moment ? Peut-être même qu'elle regrette ?

Mais peut-être aussi qu'elle se demande juste
si ça fera des beaux restes.

Elle est un peu comme ça,
Lorette…

Impénétrable
et
parfaitement prévisible à la fois.

P.-P.-S.
Tu sais, journal, pour te dire la vérité, je pensais qu'il se passait plus jamais rien dans les églises, de nos jours. Eh bien, ce soir, à Sainte-Lorette, c'est là-bas…

QUE TOUT ALLAIT SE JOUER.

(suite)

HAPPY XMAS

24 décembre, 21 h 48

Un chœur d'enfants chantait du John Lennon quand on est arrivés à l'église.

So this is Christmas
and what have you done?
Another year over
and a new one just begun

Je savais pas que les églises pouvaient être si vides. Je veux dire, même le soir de Noël. À l'église de Sainte-Lorette en tout cas, ils ont eu l'air de penser qu'avoir John Lennon de leur côté, ça ne pourrait pas nuire.

Mon père, Henri et André sont allés s'asseoir à la première rangée. Moi, je me suis dirigée vers une table remplie de bougies. Des lampions que ça s'appelle. Je regardais les flammes danser et je me disais :

Peut-être que celle-là a été allumée par une personne triste? Et celle-ci par une personne fâchée ou… un peu seule. J'avais juste un dollar dans ma poche et c'était écrit deux dollars sur la boîte, mais j'ai pensé que, si Dieu existe vraiment, il s'en foutra pas mal et il m'écoutera quand même. Il pardonne sûrement ce genre de truc. J'ai donc allumé un lampion. Mes mains se sont rapprochées l'une de l'autre en prière et mes yeux se sont fermés, exactement comme si j'avais fait ça toute ma vie.

PRIER

Salut, Dieu.
Je sais pas trop si tu m'entends et, pour te dire la vérité,
je sais même pas si t'existes vraiment au fond.
Mais mettons que oui, là, bien je voudrais juste te dire que…
je sais que j'ai pas été disons super sage cette année.
Pas assez… forte.
Oui, c'est sûrement «forte», le bon mot.
Mais pourrais-tu quand même faire un effort
pour que ce soit un peu moins compliqué ma vie,
l'année prochaine?
Je veux dire, pas ennuyeuse parce que ça serait ennuyeux
que ce soit ennuyeux,
mais juste moins… compliqué?
Merci quand même pour tout le reste.

P.-S.
(On peut-tu te dire ça, P.-S., à toi?)

En tout cas, si oui, peux-tu aider Tommy à pas… ben à pas mourir.
Ses parents seraient vraiment heureux de passer Noël avec lui.
Tous les Noëls du reste de leur vie, en fait.

C'est tout je pense.
Salut, Dieu.

Je sais pas si c'est une question de hasard,
ou si Dieu (admettant qu'il existe) a juste été
efficace…

Mais au moment où j'ai détaché mes mains,
j'ai senti
qu'on déposait quelque chose à mes pieds.

J'ai ouvert les yeux
et je l'ai vu, là, sur le plancher.
Mon sac à dos.

LE SAC QUE J'AVAIS LAISSÉ TOMBER CHEZ LE VIEUX BIRGMAN.

Les secrets de ma mère, retrouvés. J'arrivais pas à y croire, pour être honnête, journal. Je me suis retournée et je l'ai aperçu qui se tenait là, debout, à une dizaine de mètres de moi.

Je parle du vieux Birgman.

Son complet, ses souliers vernis et sa cravate rouge de Noël contrastaient avec l'image que tout le monde se fait de la méchanceté. De lui. Du vieux Birgman. Il était chic, il était élégant. Il était seul, aussi. Ça se lisait sur son visage qu'il n'avait pas souri ou ri ou même parlé à personne depuis une éternité.

J'ai pensé :

Si la solitude s'apprivoise,
elle ne s'esquive pas.

Il faut quand même la porter
partout jusqu'au bout de ses doigts tout le temps
avec soi.

Poids plume.

Le vieux Birgman m'a souri, avant de s'éloigner vers la sortie. J'ai saisi mon sac (pas question que je perde le trésor de ma mère une seconde fois !) et je me suis précipitée vers la porte pour le rattraper. Je voulais lui dire quelque chose comme merci (mais avec des beaux mots). Merci pour le sac, mais surtout, pour Tommy. D'avoir essayé de lui sauver la vie.

Juste essayer,
c'est déjà beaucoup dans la vie.

Je suis sortie de l'église en courant et j'ai regardé partout autour de moi, mais le vieux Birgman n'était déjà plus là. Comme dispersé par le vent, le froid, par le silence de l'hiver.

Le bruit de Noël.

Au moment où je me préparais à retourner à l'intérieur, j'ai aperçu les phares d'une Volvo bleue venue s'immobiliser devant l'église. La portière de l'auto s'est ouverte et j'ai alors aperçu Tommy, qui en sortait. Je pensais jamais dire ça de ma vie, journal, mais j'étais vraiment heureuse de le voir.

Là, je te préviens, j'ai encore fait un truc bizarre (je vais essayer d'être moins « spontanée incontrôlable » l'année prochaine, promis). Je suis rentrée dans l'église et j'ai crié, de toutes mes forces – et crois-moi, ça résonne une voix dans une église :

TOOOOMMY EST VIVANT !!!
TOOOOMMY EST VIVANT, TOUT LE MONDE !!!

Le prêtre, qui parlait de je-sais-pas-quoi, s'est arrêté NET. Puis, tous les gens présents (sauf une vieille madame sourde de 90 ans) se sont retournés vers moi et je suis devenue rouge tomate, journal, parce que c'est pas tous les jours qu'on interrompt une messe de Noël. Puis, Tommy est entré dans l'église, sans se douter de l'accueil qui lui serait réservé. Il portait un truc médical étrange autour de son cou, mais sinon il était totalement en vie, je te le garantis !

Le prêtre avait l'air plutôt heureux qu'il se passe quelque chose dans son église, alors il a pris la peine d'accueillir Tommy.

PRÊTRE :

Bienvenue parmi nous, Tommy. Et bienvenue à ta famille.
À ce qu'on voit, beaucoup de gens se sont inquiétés pour toi.
Je vous souhaite le plus beau des Noëls !
Surtout à toi, Tommy.

Henri s'est levé et il a applaudi et tout le monde a applaudi et on se serait crus dans un de ces films *made in USA* que Léonie aime tant. J'ai fait signe à Tommy de venir s'asseoir à l'avant, avec nous. J'ai trouvé qu'il avait l'air heureux, Tommy. Ça le changeait de son air tout le temps fâché.

Puis, au moment où le prêtre allait se remettre à parler, la porte de l'église est à nouveau venue l'interrompre en s'ouvrant. On a alors vu une femme s'avancer.

Elle était frigorifiée.

Mais malgré la masse de neige qui recouvrait son manteau de poil, je l'ai tout de suite reconnue : Lorette. Elle avait sans doute traversé la ville à pied pour nous rejoindre (après être venue à bout de la tache de vin sur la tapisserie). André s'est levé d'un bond et Lorette et lui se sont regardés. Dix bonnes secondes au moins, je dirais. C'était pas romantique, journal, mais c'était *spécial,* comme dirait Lorette. Et pour une rare fois, mon oncle et ma tante n'ont pas eu l'air d'avoir besoin de mots pour se comprendre.

P.-S.

J'ai pensé : il faudra vraiment que je raconte tout en détail à Léonie ! Elle s'en voudra jusqu'à la fin de sa vie d'avoir manqué la messe de Noël du 24 décembre !

Toute

une

ViE

DANS MON SAC

JANVIER

Dimanche 8 janvier

Le bon MOT.

Je sais, journal. Tu es presque terminé et pourtant, je n'ai toujours pas écrit à propos de ce que j'ai trouvé, le soir de la veille de Noël, dans mon sac à dos rapporté par le vieux Birgman. Depuis ce moment, j'ai tenu mon crayon sur cette page des millions de fois sans pouvoir le faire avancer.

Sans pouvoir écrire
un seul mot.

Voilà donc deux semaines, jour pour jour, que Noël est passé et que je sais enfin ce que la boîte à chaussures, trouvée dans la grange du vieux Birgman, contenait. Je cherche depuis le bon mot pour expliquer tout ce désordre.

Ce désastre.

Le mot qui fera que tu détesteras pas mon père

jusqu'à la fin du monde.

La bonne nouvelle, c'est que grâce à tout ça, j'ai compris une chose…

Les émotions qui nous habitent, après les grandes catastrophes,
se transforment,
et nous transforment.

On n'y peut rien, c'est comme ça.
Et c'est pour le mieux… je me dis.

LES ÉMOTIONS QUI
NOUS HABITENT
SE TRANSFORMENT
ET NOUS TRANSFORMENT.

***

Le 24 décembre,
(tout de suite après avoir ouvert la boîte de ma mère)
j'aurais opté pour le mot:
Colère.

Le 25 décembre, j'aurais choisi...

TRAHISON

Le 26 décembre, je me serais arrêtée sur.......................

INCOMPRÉHENSION

Le 27 décembre, il n'y aurait eu que ....

SILENCE

Et tu sais quoi, journal? Je suis heureuse, au fond, d'avoir attendu ces deux semaines avant d'écrire. En ce moment, quand je pense à tout ce que j'ai pu découvrir dans la boîte qu'on a trouvée chez le vieux Birgman, ce n'est pas un mot qui me vient à l'esprit, mais une phrase.

*** Les adultes sont comme ça. ***

Tout se trouve dans cette lettre, journal. C'est le brouillon de la lettre que je viens d'envoyer à Léonie et à Henri, pour leur raconter. Je suppose que j'avais pas la force de tout leur expliquer en personne. Mais je sais, au fond de moi, que je leur dois bien ça.

Quelque chose comme
la vérité.

Fanny xx

P.-S.
Désolée pour les bouts où j'ai raturé,
mais je voulais trouver les bons mots, comme tu sais.

LA VÉRITÉ
sur mon père.

LA VÉRITÉ SUR MON PÈRE

8 janvier

Salut, Henri,
Salut, Léonie,

Je voudrais d'abord vous dire que je sais que j'ai beaucoup de chance de vous avoir rencontrés. Sans vous, je passerais sûrement encore mon temps cachée dans les ~~tlo~~ toilettes de l'école avec mon sandwich. (Ou pire, je serais en train de faire une tentative de fugue vers nulle part avec des sacs poubelle.)

Bon. Par où commencer? D'abord peut-être par te dire, Henri, que si mon père et moi (et mon furet), on s'est enfuis dans la nuit du 24 décembre, c'est pas parce qu'on avait envie de passer notre reste de Noël loin de vous, dans un hôtel 2 étoiles à Québec. Je sais bien qu'on aurait dû prévenir tout le monde de notre départ, et pas seulement André. Mais j'étais dans tous mes états après avoir découvert ce qui se cachait dans la boîte qu'on a trouvée dans la grange.

(Mise en contexte pour toi, Léonie : Le vieux Birgman m'a redonné mon sac, le soir de la messe de Noël. Henri, explique tout à Léonie, OK? Ah oui et j'avais oublié de te le dire, Henri, mais le soir de Noël, à l'église, Tommy m'a avoué que c'est lui qui nous avait lancé des morceaux de citrouille, le soir d'Halloween. Donc c'était pas le vieux Birgman qui essayait de nous faire peur ! Fin de ma parenthèse.)

Tout se trouve dans cette lettre. Je suis maintenant prête à tout vous dire à propos de ce que j'ai découvert, la nuit du 24 décembre.

***

~~Par où commencer~~? Alors voilà. Après l'arrivée de Tommy, guéri, et la réconciliation d'André et de Lorette, j'ai commencé à trouver le discours du curé interminable. C'était juste insoutenable pour moi de rester assise là avec, entre mes jambes, le trésor (ou enfin ce que je croyais être le trésor) laissé par ma mère. Je suis donc sortie, en faisant attention d'étouffer le bruit de mes bottes sur le vieux plancher de bois.

Il faisait genre moins mille dehors, mais je suis quand même allée m'asseoir dans le parc, celui juste en face de l'église. Je voulais être toute seule et j'arrêtais pas de me dire : si Tommy a pu survivre à un ~~lac glacé~~ un lac gelé, l'hiver et la nuit pourront rien contre moi.

J'ai décidé que j'attendrais pas une seconde de plus
pour comprendre.

Avant le vertige, ce qui m'a frappée, c'est la légèreté de la boîte. Que des papiers. Que des bouts de journaux, en fait. Oui, c'est tout ce qu'il y avait dans la boîte, les amis. Et je vous jure que j'ai mis une bonne dizaine de secondes avant de réaliser vraiment de quoi il s'agissait.

VOILÀ
DE QUOI IL S'AGISSAIT.

~~Vous savez les~~
Vous vous souvenez des articles qu'on a trouvés au centre d'archives de la bibliothèque ? Ceux à propos du 24 octobre 2006, date de l'accident de voilier de ma mère, qui étaient déchirés ? Eh bien, ce que j'ai trouvé, dans la boîte à chaussures de ma mère laissée dans la grange, c'est l'autre moitié des articles. La moitié qui contenait la vérité. Celle que mon père a cru bon de me cacher durant toute ma vie. Parce que c'est son œuvre, tout ça.

Oui. C'est mon père qui a déchiré les journaux pour les enterrer, au seul endroit où il les croyait à l'abri pour toujours.
Dans la grange du vieux Birgman.

J'ai tout lu. Chaque mot, chaque date, chaque information et je vous jure que j'ai tout retenu et que la vérité sur l'accident de ma mère est rapidement devenue cristalline. Et ça m'a brisé le cœur.

La voilà, la vérité.

***

Il n'y avait pas une, mais bien TROIS personnes sur le voilier qui a emporté ma mère, le 24 octobre 2006.

Ma mère,
mon père
et…
moi.

(J'avais 3 ans et demi.)

Si on faisait du voilier sur le lac ce jour-là,
c'est parce que mes parents rêvaient
d'une traversée de l'Atlantique en famille.

Ils s'entraînaient be~~aucoup~~ donc à naviguer beau
temps, mauvais temps.
Été, printemps… automne.

Les premières lignes des journaux criaient déjà le mensonge de mon père. Le voilier n'a pas coulé parce qu'il était fissuré ou brisé ou je ne sais plus quoi. Non. Tout a commencé comme beaucoup d'accidents de bateaux. Par un feu. Une fuite de gaz aurait tout déclenché, apparemment. Une plaque de cuisson, oubliée. En tout cas, c'est ce que disait un des articles, noir sur blanc :

Tu vois, Léonie, il s'appelait La grande vie,
comme le voilier de ta mère.

«Lundi, vers 13 h 45, un voilier de 17 mètres de long, «La grande vie», a pris feu à 1600 mètres environ de la jetée. Une fuite de gaz importante provenant de la cuisinière de l'embarcation aurait causé l'incendie. À la suite de nombreuses voies d'eau, le voilier a coulé par 13 mètres de fond. Seuls le père et sa fillette âgée de trois ans ont survécu. La mère n'a pas pu être sauvée.»

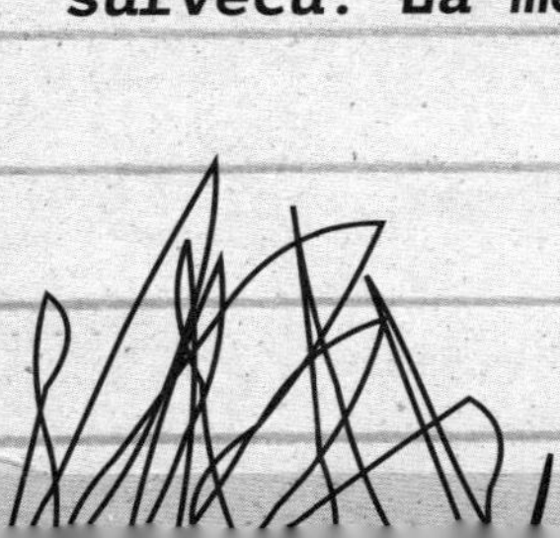

C'est étonnant à quel point les journalistes peuvent chercher à être précis (indiscrets, même) pour faire une nouvelle. Paraît que c'est mon père qui conduisait le voilier quand le feu s'est déclaré. Paraît qu'il aurait demandé à ma mère d'aller baisser la grande voile pour éviter qu'elle s'enflamme. Paraît que je me trouvais dans ses bras à lui, tout le temps que ça a duré.

Je devais pleurer du haut de mes trois ans,
quand mon père s'est mis à hurler.
J'en sais rien, au fond.

Bref.
Au moment où ma mère s'apprêtait à descendre la grande voile, mon père a lâché le gouvernail (le volant) pour aller attraper l'extincteur que ma mère avait laissé à ses pieds. Ces trois secondes sans tenir la barre ont représenté la fin du monde pour nous.

Pour ma mère,
surtout.

Sous le coup d'une rafale, la barre métallique qui tenait la grande voile s'est fendue en deux et est allée se jeter en plein sur elle, pour l'emporter par-dessus bord. C'est ce que disaient les journaux, en tout cas.

On était à moins d'un kilomètre et demi de la rive quand c'est arrivé. C'est ridiculement proche, quand on y pense.

Le reste de l'histoire, c'est mon père qui me l'a raconté pendant qu'on roulait sur l'autoroute 20, direction Québec.

***

Pendant la messe, mon père a fini par se demander où j'étais et, en sortant dehors pour me chercher, il m'a aperçue, toute seule dans le parc juste en face de l'église. Il est ~~ven~~ venu me trouver.

Il a tout de suite compris ce qui venait de se passer en voyant que je tenais dans mes mains les articles de journaux qu'il avait lui-même pris le temps d'arracher, il y a 11 ans de ça.

La somme du plus gros mensonge de sa vie,
dans mes mains.

Je l'ai vu se plier devant moi,
les deux genoux en plein dans la neige,
avec une bonne partie de son honneur de père.

Ça, c'est certain.

Je me suis levée pour lui donner une bonne rafale de coups dans le ventre. Je frappais, je frappais, mais aucun son sortait de ma bouche. Aucun mot n'aurait su parler assez fort, je le savais, alors je me contentais de mes poings. Mon père m'a contenue dans ses bras et je lui en voulais à mort d'être plus fort que moi.

Il m'a demandé de le suivre. M'a dit qu'il me raconterait tout.

Trente minutes plus tard, on avait eu le temps de récupérer quelques affaires chez Lorette, dont mon furet (sans qui je ne serais jamais partie) et on avait déjà parcouru une bonne distance en voiture.

La tête tournée vers la vitre, côté passager,
je regardais les lampadaires de l'autoroute défiler
lentement
sans trop savoir où on s'en allait
ou pour combien de temps
exactement.

Puis, comme ça, j'ai brisé le silence que mon père avait solidement tenu entre nous durant toutes ces années.

- T'as laissé maman mourir.
- Fanny.
- Toute seule !
- C'est plus compliqué que ça.
- Arrête. Tu dis tout le temps ça que c'est

«compliqué» pour me décourager. T'as laissé maman toute seule, au milieu du lac, et puis t'es parti. En fait, «on» est partis. C'est très simple, je trouve.

Mon père regardait la route devant lui, mais ses mains qui tremblaient comme des feuilles sur le volant trahissaient son désarroi. Un désarroi total qui s'est traduit dans chacun des mots qu'il s'est appliqué à bien prononcer, comme pour que j'en saisisse tout le sens.

- T'étais dans mes bras, je pouvais rien faire, ~~mais~~ Fanny.
- Si, tu pouvais. La preuve, t'as fait 1 kilomètre et demi avec moi, sur ton dos !

J'ai ressorti un article de ma poche, pour le lui lire. C'était écrit, avec du gros noir sur du gros blanc :

«Un miracle que le père de l'enfant ait nagé l'équivalent de ~~31~~ 32 longueurs de piscine olympique avec sa fillette de trois ans, sur le dos.»

Mon père a rangé la voiture sur la bande d'arrêt d'urgence.

Les autos nous frôlaient à 120 km/heure,
mais on sentait rien parce que même un accident grave,
ça aurait pas été aussi sérieux

que ce qui était en train de nous arriver.

Mon père s'est arrêté
parce qu'il voulait voir mes yeux.

- Je pouvais PAS te laisser là et sauter ~~[illegible]~~ par-dessus bord! Je pouvais juste pas. Et puis je l'ai pas vue tomber! Je savais pas où elle était.

Mon père mentait, encore. Je savais pas comment je pouvais deviner qu'il venait encore de me mentir, mais je le savais un point c'est tout. Quand il a vu que je ne gobais rien de ce qu'il venait de dire, il a rectifié.

- OK. Je l'ai vue tomber. OK? Mais il n'a pas fallu 1 minute avant que… J'ai pas eu…
- De courage.

Mon père m'a regardée longuement avant de trouver les mots qu'il cherchait.
- Assez de temps. J'ai pas eu assez de temps. Et même si j'avais sauté avec toi pour aller la chercher, on n'aurait rien pu faire, Fanny.

J'ai rien dit,
trop concentrée à chercher la vérité
dans son tas de mensonges.

- T'avais trois ans, Fanny, bon sang. Je pouvais pas te laisser.

Là, j'ai juste craqué.

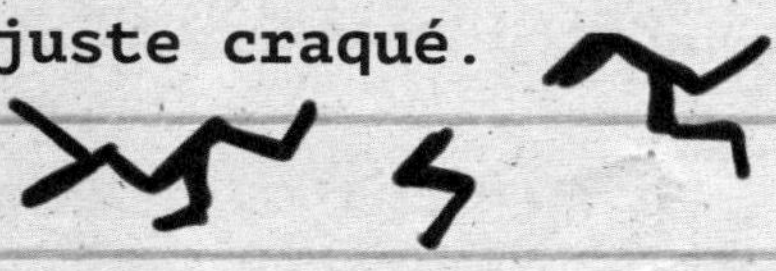

J'ai craqué parce que je voyais bien que je n'avais pas le droit de lui en vouloir, à mon père. Au fond, la seule personne à qui je pouvais en vouloir, c'était à moi : si mon père ne m'avait pas tenue dans ses bras, il aurait pu se jeter à l'eau pour aller secourir ma mère.

Je n'ai rien ajouté.

Je savais que mon père disait vrai.

***

Je vous passe les détails, les amis. Mais disons qu'après les funérailles de ma mère, mon père ne voyait aucune autre option possible que celle de quitter tout ce qui lui rappelait, de près ou de loin, notre vie d'avant. Notre famille.

Elle.
Ma mère.

L'amour de ~~ma~~ sa vie.

Je crois que si mon père m'a menti, au fond, c'était pour me protéger de sa tristesse.

Parce que nous éloigner de toute cette histoire était,
je l'ai compris,
la seule manière valable que mon père a trouvée pour avancer…

dans la vie.

Je sais pas ce que j'aurais fait à sa place, les amis. Mais je sais que, dans le fond de mon cœur, je ne lui en veux pas.

-— Mon père a fait ce qu'il a pu. —

Et puis… les adultes sont comme ça. Ils jouent avec la vérité comme avec de la pâte à modeler pour que les choses soient un minimum soutenables.
C'est tout.
Vous savez **tout**, maintenant.

***

On se voit à l'école. Mais si ça vous dérange pas, on pourrait peut-être éviter d'en parler… Pour un petit moment, en tout cas.

Fanny xx

Lundi 9 janvier

AU REVOIR, PAPA.

J'ai passé tout l'après-midi à l'aéroport de Québec. La voix d'une madame dans un interphone arrêtait pas de nous interrompre toutes les minutes pendant qu'on mangeait nos frites et j'en avais vraiment marre qu'elle vienne me rappeler le départ imminent de mon père vers le Japon.

Quand la voix bizarre a prononcé le nom de mon père pour la troisième fois, je l'ai vu regarder sa montre. Son avion à destination du Japon avec escale à Vancouver décollait dans exactement 42 minutes.
J'ai trouvé que c'était lui,
au fond,
qui avait l'air le plus triste de nous deux.

J'aurais fait n'importe quoi pour empêcher mon père de monter dans cet avion-là. Je pense même que j'aurais accepté de retourner vivre avec lui, à Montréal. Même si Sophie et moi, on se parle presque plus jamais et même si mes vrais amis, je le sais maintenant, sont ici, à Sainte-Lorette.

D'ailleurs, je vais faire une importante mais très courte parenthèse ici.

C'est pas du tout clair ce qui se passe entre Henri et moi depuis qu'on s'est embrassés sur le toit de l'hôpital. Je vais devoir trouver le courage de lui en parler parce que je sais vraiment pas si je peux être une amie régulière avec lui (traduction : son amoureuse), tu vois ? En même temps, c'est pas du tout clair dans ma tête.

Est-ce que j'ai vraiment envie d'avoir un amoureux ?

+ LE POINT LE PLUS IMPORTANT

ON HABITE ENSEMBLE!!!!

Qui habite avec son amoureux à 15 ans, journal? Ah oui, au fait, j'ai eu 15 ans aujourd'hui. C'est mon anniversaire. Fin de la parenthèse. Il faut que je mette les choses au clair avec Henri.

VRAIMENT BIENTÔT.

Pour en revenir à mon père. Comme je disais, on mangeait nos frites avec une bonne dose de ketchup sans parler de rien d'important. Puis, sa main est allée se poser sur la poignée de sa valise comme une invitation à lui dire au revoir. Je me suis dit…

« Mon Dieu, mon père s'en va.
Ça veut dire qu'il a réussi à oublier que c'est mon anniversaire. »

J'ai mangé une dernière frite, puis, au moment où j'allais me lever, sa main est allée fouiller dans la poche de son veston.

Il m'a tendu
une enveloppe.

- Bon anniversaire, mon petit chaudron.

J'ai saisi l'enveloppe, gênée d'avoir pensé (à tort) que mon père m'avait oubliée.

- Tu pensais que je t'avais oubliée, toi! Hé, c'est pas tous les jours que mon petit chaudron a 15 ans!
- Ouais, mais avec l'année qui vient de passer, j'ai plutôt l'impression d'avoir eu 115 ans, papa! Et puis… tu penses pas que ce serait le temps d'arrêter de m'appeler comme ça?
- Comment?

- Ben, ton «petit chaudron». Je suis pas un chaudron. C'est même pas mignon un chaudron.

Il a juste souri. Il fait tout le temps ça, mon père : sourire avec un drôle d'air un peu niais, quand il sait pas comment réagir. J'ai fait tourner l'enveloppe entre mes mains en pensant…

Wow.
Trop original, papa,
comme si j'avais pas deviné que c'est un chèque-cadeau
pour m'acheter des nouveaux vêtements !

Mais je l'ai regardé et j'ai simplement pensé : il ne m'a pas oubliée. C'est ce qui compte, au fond.

- Tu sais, papa, c'est pas si mal que ça de vieillir, au fond. Tu vas peut-être trouver ça bizarre, mais je pense que je me sens plus solide qu'avant. En même temps, je sais pas trop à quoi ça va me servir d'être, disons, plus forte… Tu sais, statistiquement parlant, quand on y pense, il y a pas mal de chances que les choses deviennent un peu trop tranquilles à mon goût cette année, à Sainte-Lorette !

← Je suis très NAÏVE, moi.

Je parlais, mais ça se voyait que mon père écoutait à peine ce que je disais, trop pressé qu'il était que je découvre mon «cadeau-pas-cadeau». Au moment où je m'apprêtais à ouvrir l'enveloppe, la voix de la madame fatigante de l'interphone est venue nous rappeler à la (triste) réalité.

HUBERT CLOUTIER EST DEMANDÉ À LA PORTE
NUMÉRO 4 À DESTINATION DE VANCOUVER.
HUBERT CLOUTIER À LA PORTE NUMÉRO 4
À DESTINATION DE VANCOUVER.
EMBARQUEMENT IMMÉDIAT.

Mon père s'est levé.
Il a pincé mes deux joues entre ses doigts.
Ouch! Je déteste quand il fait ça!
Et il m'a dit...

- Tu sais quoi, Fanny? Ouvre-la quand je serai parti. Ça va te faire une plus belle surprise.

En entendant ce mot,

SURPRISE,

j'ai tout de suite pensé...

NOOOON!!!!

Ça présage
RIEN de bon
que mon père me fasse une surprise.

Disons que c'est pas exactement sa spécialité dans la vie, les surprises.

J'ai pensé ça,
mais je me suis contentée de lui répondre,
avec le plus de fausse excitation possible dans la voix…

- OK, je vais attendre que tu sois parti, papa. Je vais l'ouvrir dans l'autobus.
On s'est serrés dans nos bras assez fort et assez longtemps, aussi.

Puis, une minute plus tard,
je voyais mon père
disparaître

pour la deuxième fois cette année,

derrière la porte des douanes.

Je suis restée là, avec mon enveloppe d'anniversaire de 15 ans et ma solitude (apprivoisée). Plantée là, en plein milieu de l'aéroport avec des inconnus qui allaient et venaient dans tous les sens autour de moi. Là, à me demander si, oui ou non, je trouverais le courage de découvrir quelle surprise mon père avait bien pu imaginer pour mes quinze ans.

OK, sois réaliste, Fanny.
Aucune chance que tu attendes d'être dans l'autobus.

J'ai ouvert la lettre.
…

J'HALLUCINE

NON

sérieux???

Ma belle Fanny d'amour.

Je veux plus JAMAIS qu'on se sépare, toi et moi.
Je t'attends... À Kyoto !

On se revoit dans deux mois, ma belle.

J'ai déjà hâte.
P.-S. T'inquiète surtout pas !
Tout est bien organisé, promis !

Bon anniversaire, je t'aime.
Papa xx

FANNY CLOUTIER
CANADA
08 | 14H | 19:35
KYOTO, JAPON

ÀL'A

IDE!
J'espère qu'ils vendent des journaux intimes,
au JAPON.
P.-S. : Toutes les initiatives visant à le faire changer d'avis seront considérées. Chose certaine, je vais avoir besoin de toi, journal…
À suivre (on dirait bien).
Fanny xx

Directrice littéraire : Katherine Mossalim
Directrice artistique : Shirley de Susini
Illustratrice : Marianne Ferrer
Mise en page et graphisme : Shirley de Susini
Conception de la couverture : Shirley de Susini
Illustrations de la couverture : Marianne Ferrer
Correctrices : Fleur Neesham, Fanny Fennec, Chantale Genet

Rue de la Blanche Borne 15
6280 Gerpinnes (Loverval) – Belgique
www.kenneseditions.com

Adaptation : Daniel Bultreys

Dépôt légal : avril 2019 — D/2019/13.105/25
ISBN : 978-2-8758-0672-7
NUART : 74-4268-0

Imprimé en Chine